낙엽의 여인들

낙엽의 여인들

1993년 11월 10일 초판 발행
2023년 5월 25일 개정판 발행

지은이 레미 드 구르몽
옮긴이 이봄비
발행인 홍철부
발행처 문지사

등록 제 25100-2002-000038호
주소 서울특별시 은평구 갈현로 312
전화 02)386-8451/2
팩스 02)386–8453

ISBN 978-89-8308-58?-? (03830)
정가 15,000원

ⓒ2023moonjisalnc
Printed in Seoul Korea

낙엽의 여인들

레미 드 구르몽 / 지음

이봄비 / 옮김

이 책을 읽는 분을 위하여

소설은 시詩이기에 그 값어치를 나타내려면 깊이 생각해야 하고, 끝맺음을 짓지 않으면 안 된다고 단눈치오는 그의 책에서 막연히 말한 적이 있다.

그래서 나는 말하고자 한다.

"소설은 시 이외의 미학美學에서는 절대로 성립할 수 없다. 최초의 소설은 시로 쓰였다. 그러므로 모험소설은 《오디세이》였으며, 기사도 소설은 《에네이드》였다.

프랑스 초기의 소설은 누구나 아는 바와 같이 시였다. 한참 후에 많은 독자의 게으른 마음과 무지한 사람의 흥미에 맞추기 위해 산문散文으로 옮겨 바꾼 것에 지나지 않는다.

이러한 뿌리에서 볼 때, 소설은 어떤 기품의 가능성을 간직하고 있는데, 그가 글 쓰는 일에 관여했다면, 그 가능성을 작가 자신에게서 찾아내야 할 것이다.

《돈키호테》는 시가 아니며, 또 《살람보》 역시 시가 아니라고 믿게 하려는 비평가가 과연 있을까?"

플로베르는 그의 대표작 《보바리 부인》을 쓸 때 고생한 일에 대해 고백한 글 가운데에서, '산문은 리듬을 주면서 역사나 서사시를 쓰는 것처럼 일상생활을 쓰지 않으면 안 된다'라고 말하고 있다.

그러나 이것을 잘 생각해 보면, 나는 플로베르가 시적 산문을 쓰지 않을 수 없으며, 그 미美는 말과 리듬이 가장 중요하기 때문에 리듬으로밖에 만들 수 없다는 생각에 조금 과장하고 있음을 알았다.

그가 소설을 쓰기 위해 원했던 방법은 희극이나 콩트, 심지어는 곁들이 애기에 지나지 않는 것이라도, 신문 제작을 위한 단순한 기삿거리라도 놓쳐서는 안 된다고 생각한 것 같다.

보잘것없는 재주란 없다. 한낱 기사에 불과해도 짧은 무용을 펼치게 할 만한 리듬을 줄 수만 있다면, 한 편의 시가 될 수 있다. 리듬을 찾으면 모든 것은 잘 이끌어갈 수 있기 때문이다.

왜냐하면 관념이 리듬의 움직임과 한 몸이 될 수 있기 때문이다. 그것은 가는 실이나 명주 올은 노고를 하는 수고로움을 거의 가하지 않더라도 뜨개질을 완성하는 이유와 같다.

콩트는 특수한 상태를 요구하는 작품이라고 나는 생각한다. 그것을 쓰기 위해서는 작가에게 행복하다는 환각이 조금이라도 필요한 것 같다. 그렇듯 밝은 오후가 더 잘 어울리는 작품이다.

그것이 이치만 내세우는 이론으로 행하여지기보다는 밀접하게 콩트를 시에 연결하는 데 그 묘미가 있다고 하겠다.

행복하다는 감정은 꽃을 즐기고 사랑스러운 여인들이나 누군가의 눈빛을 즐기는 것과 같다. 그때 사람들의 움직임을 아주 흥미롭게 관찰할 수 있다.

실제로 행복하다면, 이에 가까운 마음이라면, 누구도 억지로 집안에 앉아 있을 수는 없을 것이다. 왜냐하면 욕망으로 물체를 볼 수 없기 때문이다. 콩트, 그것은 바로 비밀의 산책이다.

여러분이 읽으려는 작품 속의 모든 인물은, 단숨에 구상하여 쓴 것들이다. 따라서 때로는 숨찰 때도 있다.

그리하여 다음 날로 넘기면, 작품은 아무것도 아니다. 꿈이 한낮의 일을 망치는 것과 같다.

나는 작품의 내용에 대해서 조금도 마음에 두지 않는 독자 여러분들의 이해를 도우려고 이러한 변명을 하는 것이 아니다. 이러한 작품 분석은 분수가 예고 없이 종이 위에 흘러내린 돌연한 사건과 같다.

나는 그것을 단지 나의 기쁨을 위해서 문제를 해결하고자 시도해 보기 위해 밝혀둘 뿐이다.

여러분은 한 시인이 소설에 집착하여 대중신문 문예란에까지, 세세한 일들에까지 손을 뻗치고 있다고 생각하는가. 여러분들은 그가 최초의 시의 여신女神에게 충실하지 못하다고 생각하는가.

어쩌면 그랬는지 모른다. 하지만 리듬이 그의 마음속에서 노래하는 한, 한 작품의 주인인 나는 작품에 충실했을 뿐이다.

작품의 타락은 문장의 구성이나 조화와 이성理性의 판단으로 내세來世를 믿지 않은 사람들이 진리라 부르는 것에 대하여 희생했을 때만 비롯되는 것이다.

참된 시인이나 학자는 괴테와 같이 '시'와 '현실'을 화해시키는 방법을 알고 있다. 더구나 '시'가 '현실'의 딸인 만큼 더욱더 쉽게 이해할 수 있는 것이다.

나는 파스테르가 비극을 썼다는 것에 대해 자연과학자 칸턴 씨 칭찬하는 글을 읽은 적이 있다. 확실히 그 작품은 형편없는 것이지만(수많은 비극도 그와 같은 내용이지만, 그중에서도 크러르티 씨의 섭정 정치는 뛰어난 편이다), 이 훈련된 작품의 리듬은 본래의 의미를 증명하고 있다. 그의 훌륭한 경험은 그 이후의 시구詩句와 같이, 그와 동시대의 조각가 위고나 뤼드, 크레장쥬의 대리석과 같은 리듬이 가미되어 있었다.

수많은 산을 기어오르는 성사극聖史劇적인 풍자극諷刺劇, 욕정에 몸을 내던진 박카스의 무녀, 생명은 생명으로밖에 태어날 수 없음을 증명한 증류용蒸溜用 레토르트 장치의 작용 등은 같은 리듬으로 활기를 불어넣은 재능의 선물이라 하겠다.

사람들은 데카르트가 위대한 크리스티나 여왕을 즐겁게 해주기 위해 발레곡을 작곡한 것에 대해 칭찬한다. 또 몽테스키외가 그의 젊은 추상적 놀이에 리듬을 붙인 것을, 그리고 파스칼이 사랑의 '그리스도 수난극'에 관한 교향곡을 작곡한 것을, 또 니체가 차라투스트라의 초인적인 웃음을 숲속에 울려 퍼지게 한 것을, 플로베르가 그의 헤라클레스인 '바보'가 항상 하는 말에 호머의 시구와 같은 리듬을 붙인 것을 칭찬한다.

리듬은 슈미즈밖에 입지 않은 듯 보이는 가난한 발레리나에게 아름다움을 준다. 그 리듬이 어지러운 사랑에서 제각각 욕망의 소박한 프리즘으로 분리된 빛의 광선을 받아, 너무나 열광적으로 춤추는 이들 여인에게도 그 아름다움을 좀 주었으면 얼마나 좋았을까 하는 아쉬움이 글쓴이의 마음에 여백을 준다.

1908년 7월 30일

레미 드 구르몽

낙엽의 여인들

· 차례

낙엽의 여인들

차례 ·

　나는 사랑에 대한 방법을 조금도 염두에 두지 않는 독자에게 그 길을 가르쳐 주기 위해 이 책에 여러 인물을 등장시켜 이야기하고 있는 것은 절대로 아니다.

　이러한 사랑의 주석의 분수가 어느 날 밤, 어느 시각에 우연히 종이 위에 흘려보내졌을 뿐이다.

　나는 먼저 나의 기쁨을 위해서, 다음에는 사랑의 문제를 해결하고자 이 소설을 썼을 뿐이다.

노란색

처음으로 사랑한 사람은 비록 불행하다 해도 신입니다.

|하이네|

그것은 너무나 당연한 일이었다.

마지막으로 그는 두 눈을 감고 폭발할 듯한 황홀함에 전율하면서 그녀에게 긴 키스를 보냈다. 그녀 역시 깊이 눈을 내리뜨고 다정하게 미소 지었다.

그때 두 사람은 한마디의 말도 나누지 않았다.

여자는 그곳에 가면 언제든 만날 수 있었다. 주변엔 강을 따라 색바랜 집들이 드문드문 자리 잡고 있고, 산 중턱을 돌아 언덕으로 올라가는 길 양편에는 옛날이야기와 같이 이끼로 뒤덮인 낡고 오랜 물레방아와 늘 문이 닫혀 있는 여인숙, 나막신 공장, 그리고 작은 농가 두서너 채가 쓰러질 듯 이웃하여 서 있었다.

그 낡고 볼품없는 헛간에는 짐수레가 깨어날 줄 모르고 누워 있었다.

고요와 적막함에 견딜 수 없다는 듯이 간헐적으로 들려오는 말의 울음소리, 수레를 깎는 목수의 짜증 섞인 고함, 게으른 수

닭의 목쉰 소리, 시간을 초월한 듯 끊임없이 돌아가는 물레방아의 수런거림과 물소리, 나무다리 아래로 흐르는 냇물 소리가 마을의 인적을 알리고 있을 뿐이었다.

그는 언제나 하던 버릇처럼 그곳에 와 있었지만, 그녀와는 약간 거리를 두고, 좀 더 위쪽 시야를 가로막는 나무들 뒤편에 숨듯이 앉아 있었다.

저녁 무렵 그의 변함없는 일과인 사냥에서 돌아오는 길에 다리 위에 잠시 멈추어 서서 서서히 다른 빛으로 변해 가는 풀숲이며 물빛, 해지기 전 가벼운 휴식을 취하는 듯한 작은 계곡을 바라보고 있었다.

그는 그곳에서 눈으로 그녀를 찾았다. 여자는 마치 누구를 기다리는 듯 연한 갈색 띠 모양으로 빛나는 풀밭에 반듯하게 누워 있었다.

두 눈을 감은 것일까.

그녀가 가난한 직공의 딸이라는 사실은, 어느 날 여인숙 앞을 지나다 동네 아낙네들이 수군거리는 소리를 들은 적이 있었다. 어쩌면 하녀일지도 모른다는 생각이 그를 더욱 사로잡았다.

그때 그녀는 나뭇가지가 검푸른 수면에 닿을 듯 말 듯 가늘게 늘어진 큰 개암나무 밑에서 빨래하여 깨끗하게 빤 옷가지들을 마른 덤불 위에 널어 말리고 있었다.

그리고는 집에 돌아가기 전 고된 일을 끝낸 다음의 나른함을 달래려는 듯 약간 지친 모습으로 여기저기 떨어져 뒹구는 갈색 호두 열매를 줍거나 한낮의 강렬한 햇빛에 숨죽이고 있는 꽃을 꺾거나, 무심이 흐르는 냇물에 조약돌을 던지곤 하였다.

무엇보다도 특이한 것은 그가 보고 있다는 사실에 자만심이 가득한 미소를 지었지만, 자기가 하는 일이나 소일감을 중도에 멈추려 하지는 않았다.

그런 어느 날, 그녀는 풀숲에서 호두를 주워 마치 다람쥐처럼 재빠르게 이로 깨물면서 그를 오랫동안 조용히 바라다보았다. 그는 그녀의 눈빛에 도전적인 강렬한 빛이 떠돌고 있는 데에 놀란 나머지 약간 당황하여 얼굴을 붉힌 채 외면하였다.

그 후부터 그는 거의 하루도 빠지지 않고 이곳을 찾아왔다. 그럴 때마다 그녀는 이미 와 있거나, 천천히 걸어와서 약간 검은빛의 얼굴을 쳐들고 빤히 선네나 보는 눈빛은 여전히 비밀스러운 갈망의 불꽃을 지피고 있었다.

두 사람은 말을 건넬 수도 있었지만, 누구도 먼저 말을 건네려 하지 않았다.

그는 가끔 들꽃이나 작은 나뭇가지를 꺾어 그녀 쪽으로 던졌지만, 그녀는 아무 관심도 없는 듯 모르는 체했다.

어떤 때는 그가 노란 카네이션을 가져와 말없이 그녀에게 내밀면, 그녀는 그것을 받아 블라우스 앞단에 꽂고는 몸짓 하나 표정 하나 바꾸지 않고 숲길로 멀어져갔다.

그러나 두 사람 사이에 암암리에 약속이나 한 듯 양해가 이루어진 것은 바로 그다음 날이었다.

서로 얼굴이 마주치자 그녀가 먼저 숲 쪽으로 발걸음을 옮기며 서늘한 산의 어둑한 기운이 깃든 잡목림으로 들어가는 것을 그는 놓치지 않았다.

그도 기다렸다는 듯이 길을 멀리 돌아서 그녀가 막 생나무 울타리를 뛰어넘으려 할 때 그녀를 따라잡았다.

그녀의 짧은 치맛자락이 약간 걷어 올려지며 무릎이 드러나 보였다. 그는 그 순간 격렬한 열정에 사로잡혀 깊은숨을 몰아쉬며 결심했다.

이 사랑스럽고 신선한 직공의 딸도 그 내면의 깊숙한 곳에서 잠자던 욕망을 일깨웠다. 한편 그의 치솟는 욕정은 그를 전율케 하였다.

그는 갑자기 두 팔로 그녀를 힘껏 끌어당겨 안으며 그녀의 입술을 더듬었다. 그러나 그녀는 가볍게 그의 품을 벗어나 어깨를 움츠리고 나무 사이로 기어들었다.

그곳은 옛 채석장으로 통하는 숲길로 움푹 패어 폐허가 되어 있었다. 그녀는 작은 동물처럼 민첩하게 가시나무를 요령 있게 피하면서 총총걸음으로 걸어갔다.

선선한 공기가 감도는 너도밤나무며, 짙은 수액을 뿜어내는 물푸레나무, 하늘을 가릴 듯 떠받치고 있는 떡갈나무의 짙고 두꺼운 녹색 잎이 망토를 두른 듯 뒤덮여 있는 길, 겨우 잎 사이로 가늘게 새어드는 어슴푸레한 빛이 모래와 자갈이 한데 뒤섞여 움푹 팬 길에 미친 듯이 뒤얽힌 금작화와 인동덩굴, 디기탈리스 잎들을 내리비추고 있었다.

그녀는 숲길에서 조금 벗어나 가시나무의 여린 줄기가 그녀의 발목을 휘감는 바람에 잠시 멈추어 섰다. 그때 그는 그녀를 따라잡았다. 그리고 걸음을 방해하는 줄기를 끊고 무릎을 꿇어 낮은 자세로 그녀의 다리를 꼭 껴안았다.

그러나 그녀는 아무런 동요하는 빛도 보이지 않고 그 자리에 얼어붙은 듯 그에게 등을 돌리고 서 있었다.

그는 일어섰다. 그리고 두 손을 뻗어 그녀의 부푼 가슴을 더듬으며 힘껏 포옹했다. 동시에 그는 여자의 목덜미에 뜨거운 입술을 댔다가 한쪽 귓불을 살짝 깨물었다.

그녀는 얼굴을 돌렸다. 그녀의 깊고 어두운 갈색의 두 눈은 진지했다. 그녀는 놀란 작은 새처럼 팔딱거리는 고동마저 멈춘 듯 바둥거리지 않았다. 그러더니 파도처럼 거세어지는 청년의 가쁜 숨소리에 침몰한 듯 두 팔에 기대어 입술은 입맞춤에, 몸은 애무의 바다에 빠져들었다.

마침내 둘은 약속이나 한 듯 마른 풀밭에 힘없이 쓰러졌다.

얼마 후 두 사람은 나란히 앉아 조금 전에 나누었던 행위를 또 즐기고 싶은 무언의 표정을 동시에 띠면서 서로 얼굴을 마주 보았다. 약간 어색한 가운데서 그녀는 약간 헝클어진 머리를 매만지고, 남자는 넥타이를 고쳐 맸다.

이제 그녀는 미소 짓고 있었다. 그러나 확실한 만족감을 보이지 않는 표정은 그대로 남겨두었다.

그는 잠시 생각에 잠겼다.

그는 이 짧은 시간의 행운에 매료되었다. 그는 사냥꾼이라는 모호한 생활 속에서 지금처럼 환희와 벅찬 감동을 동시에 맛보는 황홀한 기쁨을 한 번도 경험해 본 적이 없었기 때문이다.

'여자를 감동하게 하는 것은 어려운 일이야. 하지만 이 사랑의 흥분 역시 내가 꿈꾸어 온 것보다는 약해. 저 여자는 만족하기보다는 사랑의 행위를 부끄러워하는 것 같기도 하고, 뭔가 계면쩍기보다는 어떤 결의에 찬 듯이 느껴지는 것은 무엇 때문일까? 나는 왜 이처럼 허탈하지 않으면 안 될까!'

그러나 그는 너무나 행복했다. 그리고 말로는 표현할 수 없는 아름답고 평온한 시간을 즐겼다. 이 젊은 육체가 최고의 환희에 빛나는 모습은, 또 소박한 감정을 한없이 표출해내는 젊음이란 매체는 참 멋진 매력을 가지고 있구나!

'그녀는 너도밤나무 줄기처럼 매끈매끈하고, 어쩌면 그 육체는 그토록 높은 긍지를 지녔으며, 또 뭐라 말할 수 없도록 솔직하게 몸을 허락한 것일까! 사랑이란 이토록 단순한 것인가!'

그는 여자를 바라보며 뭔가 할 말을 찾았으나 끝내 한마디도 건네지 못했다. 특히 부드러운 말 따위는 더더욱 떠오르지 않았다.

다만 그에게는 그녀가 너무나 사랑스럽고 새삼스러우며 오랫동안 늘 함께 지내 온 것처럼 다정하게 느껴졌다. 이 자연스러운 감정은 도대체 어디서 나오는 것일까. 이러한 미묘한 떨림을 그는 지금까지 한 번도 경험한 적이 없었다.

그는 그 순간 그것이 끊임없이 안주하고 싶은 고요와 같은 평온이라고 느꼈다.

이윽고 그는 너무나 벅찬 감동에 입을 열었다. 이 순간의 매력, 이 공동空洞 같은 상쾌함, 말로는 표현할 수 없는 자신의 행복감, 자기만 가질 수 있는 평안함을 이야기해 주었다.

그러나 그녀는 어색한 표정을 지으며 치맛자락에 붙은 마른풀 따위를 털어내면서, 손가락 사이를 벌려 디기탈리스 꽃대를 잡

으며 미소 지었다. 그러나 만족감 같은 안온함은 조금도 보이지
않았다.

'그녀가 나를 또다시 부드럽게 애무해 준다면 진심으로 그녀
를 사랑하게 될 것 같은데…….'

그때 그는 이런 생각에 매달려 있었다.

약간 어색한 순간이 지나고, 그는 파이프를 꺼내려고 호주머
니에 손을 넣었다. 그때 낡은 가죽 지갑이 잡혔다.

'아! 그래.'

그는 금화 한 닢을 살짝 꺼내어, 여자의 손을 잡아끌어서는 그
손바닥에 쥐여주었다. 순간 그녀는 놀란 표정을 지으며 바로 손
바닥을 펴서 금화를 보고는 얼굴을 붉혔다.

그와 함께 그녀의 눈빛이 밝아졌다. 그리고 한숨을 크게 쉬고
는, 기쁨에 벅찬 과격한 흐느낌으로 온몸을 떨며 남자의 두 팔에
힘껏 안겼다.

여자는 그의 옆에서 무릎을 꿇고 그의 두 눈, 두 볼, 수염, 입
술에 입을 맞추었다.

비로소 그녀는 행복해했다.

색

그는 금화 한 닢을 꺼내어 여자의 손바닥에 쥐여주었다. 순간 그녀는 놀란 표정을 지으며 손바닥을 펴서 금화를 보고는 얼굴을 붉혔다. 그와 함께 그녀의 눈빛이 밝아졌다. 비로소 그녀는 행복해졌다.

검은색

미소 짓는 이 꽃도 내일이면 지고 말 것이다
|네르빌

뒤크로가 지금까지 보아 온 꽃 중에서 가장 아름다운 꽃은 검은빛을 띤 달리아였다.

그것은 노르망디 어느 작은 마을의 공원 한구석에 튤립과 데이지, 등나무, 오렌지 나무 따위가 함께 어울려 있는 가운데 아주 작고 가냘픈 모습으로 피어 있었다.

이 공원의 화원에는 몇 종류의 신기한 식물이 흔해 빠진 것들 사이에서 초롱초롱한 얼굴을 내밀고 있어, 보는 이들에게 참으로 드물고도 특별하게, 아름다운 자태를 자랑하고 있었다.

상상해 보라. 따뜻한 온실에서 기묘한 모습으로 핀 난蘭 무더기 사이에 제비꽃 덤불이 작은 무리를 이루고 있다면, 보는 이의 가슴이 얼마나 설렐 것인가.

난의 모습은 정말 기분 좋고 상큼해서, 아이들 셋이 서로 웃고 떠드는 옆에서 지금 막 성경을 다 읽은 승려가 검은 옷을 입은 두 노파와 조심스럽게 이야기를 나누는 이 시골의 한적한 공원의 풍경처럼 정말로 이상하게 눈에 띄었으리라!

이렇듯 비밀스럽고 재미난 이야기들로 가득 찬 정원에 숨듯 핀 검은 달리아꽃은 아름답고 상큼하며, 마침내 사랑을 발견한 젊은 여인처럼 우아했다.

왜냐하면 언젠가는 틀림없이 행운의 네 잎 클로버를 찾아낼 수 있으리라는 기분이 들기 때문이었을 것이다.

그와 같은 기다림에 잔뜩 부푼 꽃밭과 꽃바구니에는 머지않아 바깥 공기를 마시러 떠나야 할 꽃들이 있고, 또 한편으론 찬 이슬 내리는 들판에서 잠자는 야생의 꽃들이, 어두운 밤의 장막이 내리면 조용히 눈을 감고 있다가 밝은 햇살을 받으면 새롭게 피어난다.

그런가하면 끝없는 심연 속으로 낙화하는 꽃들을 대신하여 다시 생명을 얻어 미소를 띠고 피어나는 꽃들, 그리고 단 한 번의 뜨거운 입맞춤에도 금세 온몸을 내맡기는 꽃들이 고상하게 뒤섞여 있었다.

또 많은 수목이 자리다툼 하듯 각기 제 모습을 뽐내며 자라고 있는데, 물푸레나무, 버드나무, 고리버들, 라일락 사이에는 작은 돌배나무가 숨어 자라고, 십자꼴의 꽃잎을 가진 매력적인 남국의 제리코 장미가 넝쿨 가지를 생울타리 위로 뻗어 올리고 있었다.

푸른 잔디가 깔린 정원 한가운데 자리 잡은 연못의 분수가 무지갯빛 물보라를 뿜어 올리는 그 속에서 비단 붕어가 한가롭게 놀고 있어 아름다움을 더해주었다.

뒤쪽으로는 이른 여름 새벽마다 달리아가 가로수처럼 줄지어 피어 있는 이 작은 거리를 지나서 이어지는 오솔길을 따라 산책을 즐기곤 했다.

그때 그는 마치 꽃을 보살피는 정원사와 같은 모습을 보여주었다. 세심한 관찰자처럼 꽃 하나하나를 살피며 새로 피어난 꽃에 찬사를 보내다가는, 금방 시들어버릴 꽃의 숙명을 탄식하기도 했다.

그는 무더기로 피어 있는 검은 달리아꽃 앞에서 오랫동안 걸음을 멈추었다. 검은 꽃에는 비밀스러운 어둠이 깃들어 있는데, 무섭도록 깊은 단조로움에 지쳐 있는 것 같았다.

그것은 마치 공작 시간에 꽃 모양으로 자른 검은 비로드 조각처럼 생명력이 없어 보였고, 그 이외의 아무것도 아닌 느낌을 주었다.

검은빛의 달리아꽃은 다른 빛깔의 달리아와 똑같이 한 겹이 아니면 여덟 겹의 꽃잎을 달고 있었다. 그러나 유독 이 검은 겹 달리아는 둥근 주름이 있는 공 모양으로 보기 싫고 견고한 쇠붙이로 만들어졌는가, 구김을 펴기 위해 풀 먹인 헝겊을 다림질해 놓은 것처럼 생동감이 없어 보였다.

홑겹 달리아꽃은 단순한 태양의 모양을 하고 있거나, 아니면 성체현시대聖體顯示台의 형태를 하고 있어, 녹색 줄기만큼이나 높은 곳에서 친밀감이 넘치는 축복을 내리는 듯했다.

그 꽃들에는 그들만의 눈이 있었다. 그래서 그런지 검은 달리아꽃에는 언제나 검은 비로드와 같은 태양이 있고, 그것을 중심으로 노란빛의 눈, 루이 시대의 금화가 오만하게 자리 잡고 있었다. 그것이 더욱 공포를 느끼게 했다.

왜냐하면 마치 살아 있는 듯 보이는 꽃의 성질과는 전혀 다르게, 물체라고 해도 그저 아름다운 물체에 지나지 않아서 보는 이의 가슴을 싸늘하게 식히는 고통을 주었다.

그러나 인기척 드문 한적한 공원 한구석에서 이른 아침부터 뒤크로를 흥분케 한 검은 달리아꽃에는 그런 눈이 없었다. 오글오글해진 꽃잎이 수꽃술과 암꽃술이 맞닿듯 위쪽에서 뒤얽혀 있었다.

'오직 이 검은 꽃은 관념에 지나지 않을 뿐이다. 이것은 욕망의 표현이다. 이것이 어찌 꽃이란 말인가.'

어느 날 그는 깜짝 놀랐다. 작은 장밋빛 메꽃이 그 나긋나긋한 줄기를 큰 검은 달리아 꽃잎으로 슬쩍 밀고 들어가서, 그 꽃의 한가운데에서 지금 막 숨죽인 듯이 검은 꽃의 문을 열며 피어나고 있었다.

그런데 그 심연과 같은 비로드 꽃밭에서 진주모珍珠母와 같은 관능적인 애무를 뻔뻔스럽게 자행하고 있었다.

"그럼 디나는 지금껏 보들레르의 시 한 구절도 몰랐던 거야."
하고 그는 중얼거렸다.

"⋯⋯아니, 그럴 리 없다. 이젠 작별해야 할 시간이다. 내 마음의 평화를 모욕하는 순진한 꽃들이여, 너는 결코 여인이 아니기에, 그리고 이 대지는 사랑이 메마른 사막이기에, 나는 누구를 사랑해야 하는가!"

그는 조용히 눈을 내리깔고 발끝과 지팡이로 장난삼아 작은 돌을 한곳으로 튕겨 날렸다.

그 작은 돌이 풀 섶에 떨어지는 둔탁한 소리를 귀담아들으며 사고와 행동의 불일치가 기분 좋은 현실을 혼동시키는, 그리고 행동을 제약하는 고통을 가져온다는 사실을 의식하면서 아주 언짢은 생각으로 다시 길을 떠났다.

"욕망은 결코 순순히 찾아오지 않는다. 또 인간이란 늘 불가능한 것을 원한다. 낡은 지붕 틈 사이로 스며드는 물, 어디론가 목적 없이 날아가는 새, 오랜 방황 끝에 집으로 돌아오면 갑자기 문을 닫아거는 여인들…. 정말로 지혜가 있는 자라면 입에 넣는 빵 한 조각만으로도 행복의 의미를 깨달을 수 있을 것이다. 생각은 하지만 깨닫지 못하는 자라면 목구멍에 음식이 들어올 때만 수축하는지 어떤지 어찌 알겠는가. 그래서 성공이란 실현된 것 외엔 바라지 않으며, 우연을 인정하고 행복했던 한때를 떠올리는 것이다."

그의 멈출 줄 모르는 독백을 어디서인가의 가냘픈 외침이 돌연 가로막았다.

그가 걸터앉아 있는 낡은 벤치에서 주위를 둘러보니, 바로 눈앞에 검은 원피스 옷자락을 약간 치켜들고 구두 신은 발의 복사뼈를 아주 근심스럽게 매만지고 있는 젊은 여인이 눈에 들어왔다. 그녀가 신은 양말도 검은색이었다.

뒤크로는 용기를 내어 자리에서 일어섰다. 모자를 벗어 한 손에 공손히 들고 몸을 굽히면서, 조금 전 누군가가 무책임하게 장난삼아 찬 작은 돌에 관해서 설명했다.

그러면서 그의 젊은 영혼을 유혹하는 듯 짙은 화장을 한 여인의 얼굴을 잠시 넋을 잃고 바라보았다.

그녀는 온통 검정과 흰색으로 꾸몄는데, 다만 목 부분에는 장밋빛 리본을 단 듯 희미한 빛깔을 띠고 있었다. 순간 그 색조는 저 한구석 검은 달리아꽃 한가운데에 핀 메꽃과 같다는 생각이 들었다.

그 여인의 곁에는 연극 팸플릿이 한 장 놓여 있었는데, 질 나쁜 종이에 인쇄했는지 누렇게 퇴색되고 약간 지저분했다.

그는 아침나절에 본 거리의 담벼락에 붙어 있던 커다란 포스터와 연관 지어 생각했다. 또 그 검은 꽃과 그의 욕망에 도취하면서 상쾌한 여인의 가느다란 목과 수수한 금빛 얼굴, 그리고 어둠에 갇힌 듯 우울한 눈을 바라보면서 중얼거렸다.

"장밋빛과 검은 보석이 예고 없이 보여주는 매력."

여인은 흰빛과 검은빛, 그리고 장밋빛으로 존재할 뿐이라고 그는 미소 지으면서 거듭 생각했다.

이때 여자는 조금 부자연스럽게 엷은 미소를 깨물며 그에게 답했다.

두 사람은 연극에 관한 이야기를 나누었다. 그가 바로 그녀가 앉아 있는 벤치로 자리를 옮겼을 때, 그녀는 못마땅해하거나 화를 내는 모습은 보이지 않았다.

"지나친 겸손은 오히려 상대방을 불쾌하게 만들죠."

부인은 팸플릿을 말아 쥐며 나직한 음성으로 말했다.

이에 용기를 얻은 그는 그녀를 위해 짧은 시구를 읊어주었다.

오오, 음악이여.
어디선가 들려오는 나무들의 음악이여
흔들다오, 나를 흔들다오.
수면을 스치는 상쾌한 바람의 부드러운 숨결로

쓰다듬어다오, 나를 어루만져다오.

그녀는 매우 감동한 눈빛으로 그를 쳐다보았다. 그때 긴 기적이 울리고 기차가 굉음을 지르며 천천히 지나갔다.

"역은 바로 옆에 있습니다."

뒤크로가 아쉬움이 묻어나는 음성으로 말했다. 그리고 두 사람은 작은 계단을 황급히 내려섰다.

"기차를 놓쳤으니 우리에겐 오후가 남아 있어요."

여자는 마음이 안정된 듯 중얼거렸다.

"당신이 좋아요."

남자가 속삭였다.

"왜 못 떠난 거죠?"

부인이 대답 대신 물었다.

"당신이 너무 좋아서 그랬습니다."

"저도 당신을 이대로 떠나보낼 수 없을 것 같아요."

그들은 약속이나 한 것처럼 서로 마주 보며 일어섰다.

크고 검은 달리아! 이제는 검은 장밋빛을 띤 달리아 앞을 지나치다가 뒤크로는 잠시 걸음을 멈추고 서서 검은 꽃을 가리키며 말했다.

"당신을 좋아하게 된 이유는 바로 이 검은 꽃 때문입니다. 당신의 모습은 마치 저 검은 달리아와 흡사합니다. 꼭 자매처럼 말입니다."

"그렇지만, 난 오늘 아침에 울었답니다."

하고 그녀가 슬픈 음성으로 말했다.

"남자들이란 늘 쉽게 떠나기 마련이에요."

"모든 남자가 다 그런 건 아니죠."

두 사람은 오랫동안 서로를 바라보다가 말없이 손을 마주 잡았다.

"당신은 나의 운명일까?"

"어쩌면 그럴지도 몰라요."

하고 그녀가 대답했다.

그러면서 그녀는 또 한 번 다짐하듯 말했다. 맨 처음에 그에게 했던 말이다.

"자아, 빨리……, 어서……."

그때 뒤크로가 재빨리 큰 소리로 말했다.

"벌써 떠날 시간이야."

둘은 황급히 역의 작은 계단을 달려 무작정 기차에 올랐고, 기차는 출발했다.

뒤크로가 그녀를 불렀다.

"나의 검은 달리아!"

하고.

그것이 그녀를 미소 짓게 하고 동시에 생각에 잠기게 했다.

마침내 그들은 육체까지 서로 알게 되었고, 두 사람은 열렬한 사랑에 빠졌다.

그날 이후부터 장밋빛 꽃 중심을 가진 검은 달리아는 뒤크로에게 영원한 삶의 위안이 되었다. 큰 비로드 꽃과 같은 한 여인이 그의 이마와 마음과 입술을 진정시켜 주었다.

그것은 대리석 위에서 아름다운 신비를 연출하고 있었다.

흰색

사랑은 빛의 종이 위에 빛의 손길로 쓰인 빛의 언어입니다
|칼릴 지브란|

옛적에 같은 또래의 소년과 소녀가 한마을에서 살고 있었다. 소년과 소녀는 아낌없이 서로를 사랑한 나머지, 늘 함께 놀면서 잠시도 떨어져 있으려고 하지 않았다.

숨바꼭질하다가 소녀가 술래의 손에 잡히면, 남자 친구의 팔에 안겨 얼굴을 약간 들고 눈을 내리감은 채 입을 반쯤 벌렸다.

그리고 만약 상대편이 입맞춤이라도 하지 않을 듯하면, 당황한 나머지 그대로 멍청히 있거나 머뭇거리는 소년의 입술에 자기의 입술을 가볍게 들이대며, 기어이 짧은 입맞춤이라도 했다.

그때 그들의 나이는 겨우 열 살이었다.

몹시 무더운 날이면 소년과 소녀는 신발과 양말을 벗어들고, 진흙투성이가 되도록 냇가를 뛰어다녔다.

둘은 땀에 흠뻑 젖으면 열기를 내뿜는 뜨거운 풀밭에 앉아 햇볕에 몸을 말리기도 했다.

그들은 분홍빛을 띤 작은 발이나 투명하리만큼 반짝반짝 빛나는 서로의 무릎을 보고 강한 호기심에 사로잡혔다.

그들은 아직 어린이다운 감정으로 서로를 견주어 보며 즐겼다. 소년은 여자아이들처럼 살갗이 매끈매끈해 보이지 않게 하는 선량한 지혜를 갖고 있었다.

"나는 너만큼 반들반들하지 않아."

하고 그는 말했다. 그리고 덧붙여 손과 눈까지도 소녀의 것이 더 아름답다는 말을 잊지 않고 해주었다.

그들은 다음 날도 같은 놀이에 열중하였다. 그 둘은 놀이에 보낸 그 이상으로 책을 읽는 데도 열중했다.

그 후부터 그들의 입맞춤은 부드러운 애무를 동반하였고, 더욱 감미로운 흥분을 느꼈다.

그러나 그와 같은 애무는 짧은 동안뿐이었다. 순간의 격정이 한 줄기 바람처럼 스쳐 지나가자, 소년과 소녀는 금세 모두 잊어버린 듯 천진난만하게 밝은 웃음을 터뜨렸다.

이렇듯 소년과 소녀는 자신들만의 행복한 나날을 소유했다.

계절이 바뀌어 추위와 우기가 시작되면, 그들은 자기들만을 위해 마련된 거의 텅텅 빈 큰 방으로 그들의 놀이터를 옮겼다.

소년은 읍내에 있는 학교에 다녔지만, 방과 후엔 항상 그의 여자 친구 집에서 함께 지냈다. 소녀는 집에서 공부하였다.

날씨가 몹시 나쁜 어느 날, 소년은 그녀와 함께 공부하고 있었는데, 그들의 양친은 두 아이의 장래를 생각하며 어린이다운 애정 행위를 기쁜 마음으로 지켜보며 앞날에 기대를 걸었다.

성탄절이 있는 12월 어느 날, 이 마을의 사제가 집으로 찾아왔다. 소녀의 어머니는 아이들이 놀고 있는 큰 방으로 안내해 주면서 안락의자와 발 받침대도 옮겨주었다.

사제는 약간 위엄을 갖추고 의자에 앉아 주머니에서 코담배를 꺼냈다. 코를 한 번 풀고는 코담배를 맛있게 한 대 피우고 나서 하느님에 대해 말하기 시작했다.

그가 말하는 성경 이야기는 아주 평범한 내용이어서 이미 다 알고 있었지만, 소녀는 경건한 자세로 관심을 보이며 주의 깊게 귀를 기울였다.

그때 사제는 소녀 쪽으로 얼굴을 돌려 바라보며, 기도문을 외우듯 말했다.

"나의 사랑스러운 딸이여, 너도 머지않아 너의 창조주이신 하느님 아버지와 친지가 될 것이다. 그분이 얼마나 너를 사랑하고 계신가를 생각해 본 적이 있느냐. 너 역시 미래의 친지가 될 창조주 하느님을 사랑의 마음으로 네 안에 모시게 되면 신앙의 참된 뜻을 깨닫게 될 것이다. 진실로 순수한 마음이란 항상 하느님만을 사랑해야 한다는 신앙심을 갖게 하는 것이다.

그런데 참된 사랑은 그분께로 더욱더 가까이 다가가려는 친밀함과 헌신적인 희생을 요구한다. 예수님이 너의 곁에 있으므로 해서 너는 그분을 신뢰하고 너의 작은 육체와 영혼까지도 맡겨야 하는 것이다. 그래야만 비로소 너는 너의 창조주이신 하느님의 성스러운 포옹을 느끼게 될 것이다.

성스러운 주님의 딸이여, 우리는 너의 최초의 성체성사를 준비하려고 한다."

"그럼 저는요?"

하고 소년이 힘없는 음성으로 물었다.

그러나 사제는 감정 없는 말을 되뇔 뿐이었다.

"잘 들어야 하느니라. 내 말을 듣고 나 후 너도 그 말씀을 유용하게 쓰도록 노력해야 한다. 현명한 젊은이라면 내 말의 뜻을 이해할 수 있을 것이다."

사제는 다시 소녀 쪽을 바라보며 말을 이었다.

"창조주께서 우리 인간에게 내려주신 행위의 중요함을 모두 다 말하려 한다. 그러므로 일정한 교육을 받을 때 필요한 교리문답이, 너에게 성사聖事의 위대함을 가르쳐 줄 것이다. 창조주와 피 창조물과의 일치가 얼마나 신비스러운가를 깨닫게 될 것이다. 그 일치가 성체성사에 의해 이루어지며, 그것이 준비되고 이를 깊은 신앙으로 받아들이는 사람에게만 하느님의 은총을 받을 수 있는 자격이 부여되는 것이란다."

사제는 오랫동안 이야기했다. 그러나 그의 지극히 사무적인 냉랭한 말투는 자기가 나타내는 감정의 흥분과는 대조적으로 아무런 감동도 주지 못했다.

말할 때마다 습관적인지 아니면 손버릇인지 불결하게 보이는 붉은 빛 큰 손수건을 펼치거나 코담배 주머니를 열어보거나, 아니면 약간 멍청한 얼굴로 창밖을 바라보다가 침을 뱉거나 재채기 때문에 자기의 말을 중단하곤 했다.

소녀는 이 기계인형과 같은 노인이 조금씩 내놓는 위대한 사랑의 말을 제대로 이해할 수가 없었다.

그러나 사제는 성직자로서 하느님과의 사랑이 세속적인 인간들의 사랑보다 얼마나 더 위대한가를 설명하는 데 열중했다. 마침내 그의 말은 소녀의 마음을 사로잡았고, 소녀는 알 수 없는 감동에 전율했다.

이 늙은 참회 승은 여섯 번째 계율에 관해서 아직 아무런 질문을 하지 않았지만, 성사聖事의 날이 점점 가까워지자 거리낌도 무관심도 모두 버리고 소녀를 신앙의 길로 인도하는 데 진력한 나머지 거의 성공에 이르고 있었다.

그의 질문은 적확했고, 더구나 신앙의 길잡이와도 맞아떨어져 소녀의 관심을 집중시키기에 충분했다.

소녀는 반성하며 커다란 슬픔에 잠겼다. 그러면 지금까지 한 행동은 모두 용서받을 수 없는 죄였다는 말인가.

들판에서의 숨바꼭질도, 그 숨 막히는 입맞춤도, 가벼운 육체의 접촉도, 그리고 조금씩 그 의미를 알 것 같기도 한 애무까지도 모두 다 죄란 말인가!

사제는 소녀에게 육체의 행복에 대해서는 아무것도 가르쳐 주지 않았지만, 그녀는 어느새 신앙으로 인도받아 자신도 모르게 천진난만한 세계의 밝고 투명한 빛 가운데 서 있었다.

어느 날 오후, 그녀는 소년이 청하는 입맞춤을 차갑게 거절하고는 맑은 시선으로 그를 한 번 바라본 다음, 방 한구석에 자세를 낮추며 조용히 꿇어앉았다. 그리고 책을 한 권 집어 들고 읽기 시작했다.

"우리에게 예수가 오심을 방해하는 모든 장애물을 제거하는 데 충실할 것입니다. 사랑으로 장식하고 밝게 비치는 순결한 성역聖域을 그를 위해 준비할 것입니다. 그리고 그가 다가오시면 우리는 뜨거운 기쁨으로 말하겠습니다. 사랑하는 자는 우리의 것, 그분이 나의 마음속에서 안식할 수 있도록……"

그녀는 끝머리의 몇 구절을 좀 더 큰 소리로 또박또박 읽었다.

"평생토록 예수만을 내 안의 주인으로 모시겠습니다."

소년은 그것을 듣고 한없이 슬픔에 잠기며 물었다.

"그럼 이젠 나를 사랑하지 않는다는 거니?"

"너는 아직도 나의 마음을 모르는 것 같구나. 나는 너를 형제처럼 사랑할 뿐이야. 사랑스러운 친구처럼 지내고 싶어. 나는 분명 너에게 작은 애정을 간직하고 있지만, 이제 나의 사랑은 예수님의 것이야."

"정말 예수를 사랑할 수 있단 말이니?"

끝내 그는 자신이 허물어지는 듯한 슬픔에 기분마저 언짢아져 작은 두 어깨를 으쓱 들어 올려 보았다.

"예수님은 나를 사랑하고 계시는 게 틀림없어. 그러니 어찌 그분을 사랑하지 않을 수 있겠니! 또 그분은 나의 속마음까지 모두 알고 계시니 어떻게 그분의 명령을 거역할 수 있겠어? 또 너는 그분의 전지전능한 능력으로 언제라도 우리 두 사람을 산산이 부숴버릴 수 있다는 것을 모르는 모양이지?"

"과연 그게 정말일까?"

이제 소년은 더 이상 어떠한 말로도 이 작은 여자 친구를 옛날로 되돌려 놓을 수 없는 변화에 놀라지 않을 수 없었다. 다시 그녀를 사로잡으러 왔다가 자기의 마음마저 산산이 부서지게 한 그 예수란 낯선 사나이에 대해 생각하였다.

"아아, 나는 죽어도 좋아. 너를 데려가지만 않는다면 말이야."

"적어도 그분은 나를 데려가는 일 따위는 하지 않아. 작년에 그를 사랑했던 앙주르나 롤, 줄리엣을 어디로 데려가는 걸 보았니? 그분을 받들고 위함으로써 더 행복해졌다는 걸 너도 알지?"

"그럼 정말로 그가 너를 데려가지 않는다는 거니?"

"그분은 언제까지나 나를 사랑해 줄 거야. 언제나 멀리 높은 곳에서 말이지. 나도 그분을 사랑할 거야. 그렇지만 이 지상에는 나 혼자만 있는 것이 아니잖니. 그분은 최초의 성체성사를 받는 모든 소녀의 마음에도 들어가지 않으면 안 되는 거야."

"그럼 우리 소년들 마음속에도 들어올까?"

"그 일에 대해선 생각해 본 적이 없어."

하고 그녀는 비아냥거리듯이 말했다.

"어쩌면 그분은 너 같은 소년들에게는 친절하고 단단한 우정밖에 줄 수 없을지도 몰라."

"그런 사람이라면 난 결코 좋아할 수 없어."

"너도 순수한 마음을 갖게 되면 좋아하게 될 거야. 곧 알게 되겠지."

"아!"

"난 말이지, 누구보다도 순수한 마음을 갖고 있어. 나의 죄를 모두 참회했으니 말이야."

"무슨 죄를 지었는데?"

"입 다물어요. 그리고 하느님께 용서를 빌어요."

그녀는 또 기도하기 시작했다. 그러자 그녀의 남자 친구는 알 수 없는 생각에 잠겼다.

그 당시 나이 어린 소년들은 대체로 그들 또래의 소녀들보다 1년 늦게 첫 성체성사를 하게 되어 있었다. 그것이 오랜 관습이어서 소년은 그녀가 그를 멸시했다고는 생각지 않았다.

그러나 할 수만 있다면 자신의 여자 친구가 이제부터 알게 될 신비에 함께 참가하고 싶은 마음이 간절했다. 하지만 그는 격렬한 질투와 공포를 느꼈다.

한편 그 소년은 마음으로 빌었다.

"제발! 그 사나이가 그녀에게 나쁜 짓을 하지 않기를……."

이윽고 성체성사의 날이 다가왔다. 그는 파랗게 질린 아름다운 그의 사랑스러운 여자 친구가 하얀 모슬린의 구름 속에 묻혀 있는 듯한 모습을 지켜보았다.

이들 두 순진한 마음은 순간적으로 맑고 투명했다. 그는 그녀에게 다가가서 아주 달콤한 음성으로 속삭였다.

"난 너를 무척 사랑해!"

그러나 그녀는 아무 대답도 하지 않고 두 눈을 내리감은 채 진주알로 만든 묵주를 장갑 낀 두 손으로 감아올리고 있었다. 그리고 그녀는 그에게 눈길 한 번 던지지 않고 지나쳤다.

그는 의식이 베풀어지는 동안 내내 슬픔을 삼켜야만 했다. 사도행전의 낭송은 그를 조금 기운 차리게 해주었지만, 그녀의 목소리를 다시 들었을 때는 그의 가슴이 터질 것만 같았다.

"오! 나의 유일한 선善, 나의 귀중한 보물, 나의 천국, 나의 사랑, 나의 전부인 당신, 사랑에 불타는 내 마음을 당신이 받아주기를 간곡히 바라나이다. 오! 나의 소중한 보물이시여, 나는 언제까지나 몸과 마음을 바쳐 당신과 함께하고 싶습니다.

내가 사랑하는 사람은 모든 것을 당신에게 맡겼으며, 나 또한 모든 것을 당신께 맡기려고 합니다. 오, 나의 주님이시여, 이제부터 나는 일절 자유분방한 행동을 삼가겠으며, 나 또한 순종과 복종으로 당신의 말씀에 따르고자 합니다. 나의 오관五官은 당신의 것이며, 당신만을 기쁘게 해드리기 위해 존재할 뿐입니다."

"예수란 배은망덕한 작자가 틀림없어!"

하고 소년은 생각했다.

그는 격심한 노여움과 분노를 동시에 느꼈다. 그리고는 여자 친구와 함께 지낸 아름다웠던 지난날들을 떠올려보았다.

두 사람만의 비밀스러운 놀이, 두 사람이 주고받은 의미 있는 웃음, 두 사람만이 느낄 수 있는 감미로운 입맞춤, 서로 얼굴을 붉혔던 순간의 포옹, 뜨거운 살갗의 타오름, 촉촉이 젖은 눈빛 등등.

이러한 모든 기쁨을 정녕 다른 사람이 그녀에게 베풀어 줄 수 있단 말인가! 그렇다면 나는 외로울 수밖에 없어. 이제 그녀는 나를 사랑하지 않는 게 분명해.

소녀를 위한 성체성사가 끝나자, 다시 대화할 기회가 왔다.

그녀는 미사 보를 쓴 행렬의 맨 앞에 서서 자기 자리로 돌아왔다. 그리고는 머리를 두 손으로 감싼 채 무릎을 꿇고 오랫동안 묵도를 올렸다.

인간의 언어로는 표현할 수 없는 끓어오르는 감정이 그녀를 지배했다. 그녀는 자기 자신이 불쌍한 존재라고 느끼는 한편, 창조주의 행복한 피조물이라는 사실을 깨달았다.

"당신이 내 안에 계신다는 것을 분명히 깨달았습니다. 저의 작고 메마른 가슴은 당신이 찾아오셔서 충만하고 터져나갈 것 같은 기쁨을 갖게 되었습니다. 지금의 저는 가득한 사랑의 은총으로 정신을 차릴 수가 없습니다. 이것이 바로 저만을 위한 행복이라고 믿습니다. 나는 당신의 사랑 속에 갇혀 있을 뿐입니다.

오직 당신의 사랑만을 갈구하는 가난한 종입니다. 나의 사랑하는 주님이시여, 내 팔 안에 머물러 계시면서 더 힘껏 나를 껴안아 주세요. 더욱더 힘차게……

아아! 이상한 기분이 저를 사로잡기 시작합니다. 내 영혼이 저 구름 속에 파묻히는 듯 환희와 기쁨, 말로는 다 표현할 수 없는 이 감동……. 나는 지금부터 한층 더 소리 높여 나의 사랑을 당신에게 전하겠습니다. 지금 나는 너무나 크고 감당할 수 없는 은총 가운데 서 있습니다. 정말 당신은 나를 사랑하고 계시는가요? 맞아요. 분명 당신은 나를 사랑하고 계시는 게 틀림없습니다."

이윽고 그녀는 자리에서 몸을 일으키며 나직한 음성으로 또 말했다.

"오, 지극히 친절하고 다정하신 구세주여. 나는 당신께 내 남루한 영혼과 육체를 맡겼으며, 제가 당신을 사랑할 수 있도록 허락해 주셨습니다. 저 또한 지상의 모든 즐거움을 당신을 위해 희생할 준비가 되었습니다. 이제부터는 경건한 몸과 마음을 당신께 기꺼이 바치겠습니다. 아, 저에게 더 많은 것이 있다면 당신을 위해 더 많이 바치고 싶습니다. 지금 제 마음은 당신을 위해 죽고 싶을 만큼 간절합니다.

아시겠어요? 그렇다면 당신의 사랑으로 나를 불태워 주세요! 그러나 스러지는 불똥이어서는 안 됩니다. 강렬하게 타오르는 불꽃이어야 합니다. 그것도 천길만길의 거센 불꽃으로 인간들에게 달라붙은 삶의 애증을 일순간에 태워버릴 그런 불꽃이 필요합니다.

구름처럼 떠돌다가 흘러가는 허무한 인간들이여, 이제 나를 내버려 두세요. 당신들과는 두 번 다시 만나고 싶지 않습니다. 어떠한 애정이라도 나에게서 구하려 들지 마세요. 나의 마음은 사랑하는 분의 것이므로 더 이상 죄를 짓지 않게 해주세요."

"이제 그녀는 나와는 전혀 상관없는 사람이야. 그녀는 결코 다시는 나를 사랑하지 않을 거야."

소년은 소리 없이 울었다. 그러나 옆자리의 사람들은 이것을 경건한 신앙의 감동 때문이라고 생각하였다.

이윽고 미사가 끝나고 자리에서 일어서는 사람들의 술렁거림과 함께 성당 입구로부터 덜컹거리는 걸상 소리가 들려왔다.

새로운 사랑에 의해 육체와 영혼을 바로잡게 된 소녀는 미사를 드리는 동안 너무 긴장한 탓인지 심한 갈증과 허기를 느꼈다.

그러자 그녀는 집안의 일이며 가족, 친구, 꽃이 장식되어 있고 투명한 빛으로 반짝거리는 크리스털 유리나 은그릇의 현란함, 오늘을 축하하기 위해 꾸며져 있을 아름다운 식탁이 떠올랐다.

또 그녀는 식탁에 차려질 요리와 음식을 장만하는 사람의 모습까지 그려보았다. 작은 은잔이나 크리스털 잔엔 붉은 포도주가 따라져 있을 것이고, 그녀만을 위해 마련해 놓은 특별 만찬은 이미 식어버렸을 것이라는 생각도 들었다.

"식사를 마치면 버찌를 먹어야지. 어쩌면 친구가 나를 기다리고 있을지도 몰라. 모두 나에게 친절을 베풀려고 마음을 쓰겠지. 나는 정말 그가 좋아. 밤 기도를 올릴 때까지 그와 함께 산책하며 꽃을 꺾어야지. 꽃만 골라 꺾을 거야. 내가 쓰고 있는 미사 보와 같은, 그리고 나의 마음처럼 꽃만 꺾어야지. 아아! 나는 정말 행복해."

그때 소녀은 여자 친구의 집을 향해 뛰어가고 있었다. 그녀의 집에서 이날만큼은 온 가족이 함께 모여 식사하도록 약속되어 있었기 때문에, 그는 음식을 준비하는 사람들에게 그녀의 도착을 알리러 달려갔다.

이미 식탁에는 큰 접시 두 개에 담긴 수프와 닭고기를 넣은 작은 파이 2인분과 붉은 포도주를 따른 두 개의 크리스털 잔이 놓여 있었다.

소녀가 현관에 도착했을 때, 그는 그녀의 작고 예쁜 손을 잡았다. 그녀도 그가 이끄는 대로 안으로 들어왔다. 이미 준비된 간단한 만찬을 보고 소녀의 작은 가슴은 사랑으로 녹아날 것만 같은 벅찬 감동에 사로잡혔다.

그러자 소녀는 불현듯 소년의 목에 매달리며 힘을 다해 그를 껴안으며 속삭였다.

"이것 봐요. 다만 예수는 나의 신비로운 남편일 뿐이야. 그렇지만 오래 가지 못해. 그가 나를 사랑하는 동안 네가 바라는 것을 모두 말해줘. 그러면 그는 사랑스럽고 신앙적인 신부에 대해서는 무엇도 반대할 수 없을 거야."

"넌 지금처럼 나를 사랑하면 돼."

"그야 물론이지."

하고 그녀가 밝은 음성으로 말했다. 그러면서 그녀는 입술을 그에게 맡겼다.

"이제 기쁘니? 자, 어서 먹자. 배고파 죽겠어."

파란색

사랑은 세상의 모든 고통을 덜어주는 삶의 선물입니다
|아켐피스|

그녀는 절대적 권위를 지닌 왕녀였다. 황후의 사랑스러운 동생으로서 항상 그 곁에서 생활하며 최상의 영광을 나누어 가지고 있었다.

그러나 신분이 가져다주는 방자함도 아울러 가지고 있었는데, 황후인 언니보다 결코 더 화려할 수 없다는 슬픔에 젖은 나머지 홀로 궁궐을 빠져나오곤 했다.

그럴 때마다 그녀의 시중을 드는 한 시녀의 집에 가는 것을 유일한 낙으로 삼았다.

그 시녀의 남편은 보잘것없는 궁궐 호위병에 지나지 않았지만, 훌륭한 신사로 젊고 매력적이며 슬기로운 지혜와 재치를 겸비한 상냥한 사람이었다.

왕녀는 그 나라 왕자와 결혼한 몸이었다. 그녀의 남편인 왕자는 오랫동안 다른 나라와의 전쟁이 계속되지만 않았더라면 왕이 될 자격을 지닌 신분이었다. 그러나 두 사람은 조금도 서로를 사랑하지 못하는 불행한 나날을 보내고 있었다.

더구나 왕녀는 미소 짓는 얼굴보다도 시기심에 가득 찬 시선으로 주위 사람들을 비웃는가 하면, 오만하고 냉혹한 마음의 소유자로 더 알려져 있었다. 그래서 그녀는 늘 마음 편할 날이 없었다.

그녀는 많은 시간을 화장과 도박으로 낭비했고, 아랫사람들을 부리는 것을 삶의 위안으로 삼았다.

하찮은 호위병의 집에서도 그녀를 기쁘게 해준 것은, 그녀의 미소나 한마디의 말이 그곳에서는 바로 명령이고 복종을 의미하기 때문이었다.

그다음으로 그녀를 더욱 사로잡은 것은 트럼프 게임에서 연속으로 이긴다는 점이었고 거기에서 남다른 희열을 느꼈다. 그녀가 슬픔에서 벗어나 잠시 자기 자신에 대해 만족할 수 있었던 것은 입고 있는 옷이나 보석류가 다른 사람들의 것보다 훨씬 뛰어나다는 데 있었다.

이러한 왕녀에 대한 호위병의 태도는 신분 차이에서 오는 존경 이외의 다른 감정을 그녀에게 보인 적이 한 번도 없었다.

그녀는 유난히 아름다운 금발이어서, 파란 천에 파란 꽃, 그리고 그녀의 눈동자와 같은 파란 사파이어를 대단히 좋아했다. 그래서 모두 그녀를 '파란 왕녀'라고 불렀다. 그녀도 동화에서나 나올 듯한 이 이름을 좋아했다.

어느 날 그녀가 시녀의 슬픈 이야기를 듣다가, 왠지 마음을 달랠 길 없는 안타까움을 느낀 나머지 이렇게 말했다.

"내 마음은 파랑새란다."

그녀가 이 말을 몇 번이나 거듭하는 동안, 잠시 슬픔에 젖어 있던 그녀의 마음은 다시 평온을 되찾았다. 그만큼 그 말이 마음에 들었던 것이었다.

그러자 왕녀는 주위를 둘러보면서 시녀에게 약간 언짢은 음성으로 말했다.

"그런데 네 남편은 내가 왔는데도 모른 체 하고 있단 말이냐? 나에게 인사조차 하러 오지 않는 것을 보니 말이다."

"제 남편이 오늘도 무심하고 섭섭하게 대한다고 생각하시는 건가요? 하지만 늘 그랬잖아요."

"지금 넌 무슨 말을 하고 싶은 거지?"

"세 남편은 하루하루를 공허함 속에서 사는 것 같아요."

"불쌍한 사람, 그것은 그가 너를 무시하고 있다는 증거야."

"왕녀님의 말씀이 옳아요. 그 사람은 나를 사랑하지 않는 것이 분명해요."

"어쩌면 그렇게 무분별한 행동을 할 수 있을까. 그렇지만 그런 일이 있어서는 절대로 안 돼. 내가 용서치 않겠어. 나는 내 친구가 불행해지는 걸 원하지 않아. 이젠 내가 네 남편에게 명령하겠어."

"저어, 어부인! 그렇다면 제 남편의 마음에까지 명령할 수 있으리라고 생각하세요?"

"그야 물론이지. 누가 내 명령을 거역해? 이 왕녀에게 말이다. 나도 왕후인 언니가 내 남편을 사랑하라고 명령해서, 나는 그와 불행한 사랑을 한 거야."

"그것이 진정한 사랑이었을까요? 얼마 동안만이라도요."

"하지만 그가 원했다면, 우린 언제까지나 서로 사랑했을 거야. 그런데 그는 그것을 원하지 않았단다."

"잘 아시는군요."

"정말 그는 나의 사랑을 원하지 않았던가, 아니면 그런 말을 할 수 없었는지도 모르지. 어쨌든 우리의 결혼은 나에게 아무런 쾌락도 주지 못했고, 그도 나의 냉담한 태도를 원망하기에 이르렀어. 결국 나는 눈물로 호소했으나 모든 것은 허사였단다.

그 이후부터 우리 두 사람은 이별 없는 별거로 두 번 다시 만나지 않게 되었지. 처음에는 분노와 모멸감으로 나 자신을 학대하기도 했지만, 시간이 흐르면서 차츰 마음의 평온을 되찾게 되었지. 그다음에는 고독한 밤이 가져다주는 고요한 안식을 소중히 생각하게 되었지. 지금의 나는 행복한 젊은 처녀로 다시 소생한 거야.

그러나 육체의 경험이 가져다준 사랑의 장난, 사랑의 비극과 희극을 잊어버리는 데는 더 많은 시간이 필요하겠지. 지금 결혼 생활하는 너는 그 일이 즐겁지 않니? 부부생활 말이다."

시녀는 정중하지만 뭔가 슬픈 빈정거림이 깃든 시선으로, 자기 앞에 교만하게 앉아 있는 여주인을 바라보았다.

그리고는 분명하게 말했다.

"왕녀님, 지금 제 남편의 머릿속엔 무엇인가 뚜렷하지 않은 열풍의 그림자 같은 바람기가 맴돌고 있는 듯싶어요."

"……바람기라니?"

하고 왕녀가 약간 놀란 표정을 지으며 말했다.

"그 말은 너무 달콤한 단어인데, 그것이라면 그렇게까지 염려

할 것은 없지 않을까. 적어도 그 정도라면 말이다."

"염려할 것이 없다고요. 어쩌면 그럴지도 모르죠. 바람기란 그냥 바람처럼 지나가는 것, 사랑은 누구에게나 남아도는 것인지도 모르니까요. 하지만 전 잘 모르겠어요. 나를 사랑하지 않는 남편을 멀리하고 싶은 마음은 또 다른 진정한 사랑을 갈구하는 여자의 마음인지도 모르죠. 그것이 난 정말 무섭습니다."

"그런 것은…… 지금의 나 역시 네 마음을 다 이해할 수는 없지만……"

하고 왕녀가 약간 진지하게 말을 이었다.

"그렇지만 현재의 내 처지가 그러하듯이 너만은 진정으로 행복하길 바랄 뿐이야. 그러기 위해서 무엇보다도 위안이 되는 것은 우리의 인생은 빠른 화살처럼 한순간에 지나가 버리고, 내가 숨 쉬고 있다는 것만은 확실하게 느꼈으면 해. 거듭 말하지만, 너에게는 이 세상의 무엇보다 사랑이 필요하지. 내가 너를 도울 수 있도록 힘써 보겠다. 이 왕녀의 말이라면 네 남편도 감동할 거야……. 나의 가장 가까운 벗이여, 어쩌면 네 남편이 좋아하는 사람은 나일지도 모르잖니."

"아아! 왕녀님, 아마 그럴지도 모르지요."

"왜 그런 나약한 소리를 하는 거지? 어쩌면 내가 널 구원할 수 있을지도 모르는데."

이때 시녀의 남편인 호위병이 들어와서 왕녀에게 정중하게 인사를 올렸다.

그러자 왕녀는 호위병을 향해 다정한 음성으로 말했다.

"이것 봐요. 당신에게 저녁 여섯 시에 궁궐에서 특별알현을 허락하겠어요."

왕녀는 명령하듯 말하면서 방을 나갔다.

모두 왕녀의 뒤를 따랐고, 그들 시녀와 호위병 부부는 몹시 당황해하면서 전송을 마치고, 거센 파도가 남아 있는 듯한 거실에 마주 앉았다.

"이봐!"

하고 아직도 가라앉지 않은 음성으로 남편이 말했다.

"당신이 어떻게 행동했길래 저토록 왕녀의 기분을 언짢게 한 것이지? 또 당신 때문에 이런 모욕을 당해도 된다는 말인가?"

"모욕이라고요? 당신의 마음속에 자리 잡고 있는 어부인이 특별히 알현을 허락했는데, 뭐가 불만인가요?"

아내의 퉁명스러운 말에 호위병은 어떻게 대답해야 좋을지 몰라 잠시 머뭇거렸다.

왜냐하면 그의 마음속 깊은 곳에 숨겨두었다고 생각했던 감정에 대해서 아내가 언급했기 때문이다.

"내 마음속에 있는 어부인이라……"

하고 그는 퉁명스럽게 말했다.

"이봐, 왕녀를 상대하는 것은 나의 출셋길을 의미하는 거야. 그것을 너의 쓸데없는 수다 때문에 망쳐버린 거야. 알겠어."

"난 결코 수다쟁이가 아니에요."

"그럼 바보인지도 모르지."

"그만두지 못해요! 당신은 그녀의 사랑을 받을 자격이 없는 남자예요."

아내는 분노와 슬픔을 느끼며 도망치듯 방을 뛰쳐나갔다. 그러나 모든 여성의 운명이 그러하듯, 그녀는 이 불행한 사건에 대해, 왕녀의 지혜와 신분의 격차가 가져다주는 불행한 여성으로서 그 알현의 시간이 무사히 지나가기를 기도하는 마음으로 눈물을 흘렸다.

사실 호위병은 희망도 없이 남몰래 왕녀를 열렬히 사모하고 있었다. 매사 소극적이고 겁이 많으면서도 감정만큼은 격한 그는 그녀의 신성神性에 두려움을 느꼈으나 한 여인으로서 간직하고 싶은 격렬한 사랑도 아울러 가지고 있었다.

사실 그에게 궁궐 생활은 하루하루가 불행했다. 그래서 며칠 곰곰이 생각한 끝에, 그의 불행의 구원을 야심에서 찾기로 했다.

그가 이와 같은 생각을 하게 된 또 다른 이유는, 그날 오후 내내 왕의 젊은 연인을 위해 말로는 다 표현할 수 없는 모욕적인 역할을 하느라 시달림을 받은 것이 상처가 되었다.

왕의 연인은 그녀가 휴가를 준 하급 관리이자 또 다른 정부의 낌새가 불안해 안달을 부린 데 원인이 있었다.

호위병은 그동안 푼푼이 모은 돈으로 마련한 금제 담뱃갑으로 왕녀를 유혹하여 장교 계급을 보장받아보려는 속셈을 은연중에 품고 있었다.

그는 그 금제 담뱃갑을 깊숙이 숨긴 채 왕녀를 알현할 저녁 여섯 시를 기다렸다. 그것은 묘한 흥분 속에서 사랑과 호기심과 불안한 감정과 싸우는 시간이었다.

그는 또 몸을 치장하고 향수를 뿌리며 '어쩌면 이것은 밀회일지 모르지.' 하고 혼자 뇌까리곤, 왕녀를 알현하기 위해 서둘러 달려갔다.

왕녀는 미리부터 기다린 눈치였으나, 그녀다운 위압감과 풍모를 갖추고 있어 조금도 동요한 기색은 보이지 않았다.

호위병이 모습을 나타내자, 그녀의 빛나는 눈은 더욱 반짝이고 새파랬기에 한층 더 아름답게 보였다.

그녀의 얼굴에는 잎에 가려진 라일락 꽃줄기 같은 서늘한 아름다움이 깃들어 있고, 두 볼은 막 단풍이 든 것처럼 엷은 블론드 빛이었다.

또 그녀의 머리 모양은 지금까지 본 적이 없는, 흐트러뜨려 기교를 부린 멋진 모양으로, 약간 위로 말아 올린 데다 머리카락 몇 가닥을 늘어뜨리고 있었다.

"가까이, 좀 더 가까이 와요."

그녀는 슬픈 목소리로 말했다.

"자, 여기 앉아요. 내 곁에 말이에요. 나는 지금 너무 괴로운 나머지 낮은 소리로밖에 말할 수 없어요. 지금 당신을 맞이하는 난 친구일 뿐이죠. 당신 아내의 친구이지 왕녀가 아니에요. 그런데 당신은 내 친구인 엘리자베스를 사랑하지 않는다는 사실을 알게 되었고, 그것이 지금 이렇게 나를 괴롭히고 있답니다. 내 친구이자 당신의 아내인 그녀를 사랑하지 않는다는 것이 사실인가요?"

"아! 그건……."

"그렇다면 결혼한 사람으로서 의무와 체면을 어떻게 할 건가요?"

"지금 저의 체면과 의무를 말씀하시는 건가요?"

"그래요. 당신은 그녀에게 맹세했잖아요. 부부로서 성실할 것과 영원한 애정을……."

"물론 아내는 그것을 믿었겠지요. 나도 믿었습니다."

"그런 신뢰를 가진 아내를 돌보지 않고 고통을 주는 것은 정말 나쁜 일이에요. 지금 그녀는 혼자 슬픔의 눈물을 흘리고 있을 거예요. 아시겠어요."

"맹세합니다만, 결코 나는 그녀에게 심술궂게 굴지는 않았습니다."

"그럼 나하고 약속해요. 앞으로는 그녀를 슬프게 하지 않겠다고 말이에요."

"분명히 말씀드릴 수 있습니다. 두 번 다시 아내를 슬프게 하지 않겠습니다."

"좋아요. 그래도 거듭 약속해 줘요. 내 앞에서 말이에요."

그녀는 숨이 막힐 듯 창백한 얼굴에 목소리마저 아주 작아서, 호위병은 그 말을 듣기 위해 그녀의 얼굴에 거의 닿을 정도로 몸을 숙이지 않으면 안 되었다.

물론 직책이 호위병이라서 궁정 안에서 일어나는 일에 대해서는 반드시 비밀을 지키지 않으면 안 된다는 것을 생명처럼 여기고 있었으나, 이런 경우엔 괴로워하지 않을 수 없었다.

멀리서 왕녀를 홀로 사모하는 것은, 이 순간의 욕망에 견주어 보면 그에게는 가벼운 형벌처럼 생각되었다.

만일 다른 여자였다면 무릎을 꿇거나 쉽게 단념할 수도 있었을 것이다. 그러나 명령을 거역할 수 없는 왕녀였기에 그는 그대로 서서 침묵한 채 명령을 받드는 하급 병사의 자세를 고수해야만 했다.

"나와 약속해 줘요."

하고 왕녀가 말했다.

"이제부터는 그녀에게 다정하게 대하겠다고. 정말 부드럽게 그녀를 사랑하겠다고 말이야……."

그러나 호위병은 침묵한 채 자리를 지켰다.

"약속할 수 있겠죠?"

그래도 그는 변함없이 입을 다물고 있었다.

"그럼 이젠 더 이상 어떻게 할 수 없다는 건가? 두 사람 사이는 완전히 끝이란 말인가? 당신은 그녀를 비난하고 슬픔에 빠뜨림으로써 돌이킬 수 없는 크나큰 과실을 범하는 게 아닐까요?"

"나는 아내를 비난해 본 적이 없습니다. 다만 그녀를 사랑하고 있지 않다는 것뿐입니다."

"아! 정녕 그녀가 당신의 그런 마음을 알아차리지 못하면 좋겠는데 말이에요."

"맹세합니다만, 결코 알아차리지 못할 겁니다."

"그럼 아내가 눈치채지 못하는 동안 다른 여자 사랑하기를 그만둘 수 있을까?"

"그것은 어렵습니다. 저는 그토록 편리한 잔재주는 가지고 있지 못합니다. 지금의 저에게 가장 소중한 것은, 아아! 눈치 채이지 않게 한 여인을 사랑하는 일입니다."

"어째서 그런 생각을 하는 거죠."

"그것은 확실하고 분명하기 때문입니다. 내가 사랑하는 사람은 나의 사랑을 의심하지 않으며 절대로 의심하려 들지도 않을 것입니다."

"이봐요, 호위병님!"

왕녀가 조금 큰 소리로 말했다.

"가엾은 병정 아저씨, 당신은 정말 어린애 같군요. 당신이 사랑하는 사람은 당신의 사랑을 알고 있어요."

"아! 그렇다면……."

호위병은 믿기지 않는 표정으로 감격의 탄성을 올렸다.

"……, 그리고 그 여인 역시 당신을 사랑하고 있어."

그녀는 그의 두 손을 잡으면서 말했다.

그는 이 선물 앞에 몸을 던지고 싶었지만, 아직 결심이 서지 않는 듯 애매모호한 표정으로 그녀를 바라보며 가쁜 숨을 몰아쉬었다.

"자, 입을 맞춰요, 내 귀여운 사람."

그리고는 명령하듯 말했다.

"내가 너에게 명령하노니, 나에게 키스해다오. 내가 좋아하는 너, 오랫동안 가슴 깊이 나를 바라던 너, 이 파란 왕녀에게 입맞춤해다오. 네가 사랑하는 사람에게 말이다."

다음 날 아침 하녀가 여주인인 왕녀에게 말했다.

"어머, 주인마님의 목에 푸른 멍이 들어있네요."

"그러니? 뭐, 별로 놀랄 것도 없지. 이 표시는 글쎄 묘한 자국인 것 같구나. 자, 보려무나. 여기도 있고 이쪽에도 있지 않니.

그것이 별안간 나타났다간 사라진단 말이다. 너에게 말해 두는데, 이건 정말이란다. 목에도, 그리고 젖가슴에도⋯⋯.”

“그래서 주인마님을 푸른 왕녀님이라고 부르나 봐요.”

하고 천진난만한 하녀는 말을 마쳤다.

“아! 저기 내 시녀가 들어오는지 좀 봐다오.”

왕녀는 아주 잠깐 거울에 비친 지난 밤에 생긴 푸른 멍 자국을 감동 어린 눈으로 바라보며 비밀스러운 웃음을 입술 끝으로 물었다.

‘하느님! 저는 이제야 행복하답니다.’

그녀는 옅은 상념에 사로잡혔다.

‘이 얼마나 교묘하고 달콤한 사랑의 밀회란 말인가. 그런데도 그녀는 어찌 그토록 바보일까. 사랑의 고백을 내 앞에서 하다니! 불쌍한 알리아느, 네가 말하지 않았다면 나는 아무것도 몰랐을 거다. 너의 젖은 그 눈빛을 나는 열렬하게 경의에 가득 찬 애증의 표시라 여겼는데, 그것이 사랑이었단 말이지. 아! 저기 그녀가 오는군.’

그때 시녀가 몹시 허둥거리며 거실로 들어왔다.

“어부인 마님! 저는 새벽 시간인 네 시까지 남편을 기다리지 않으면 안 되었어요. 지금 난 미칠 것만 같아요. 이젠 모든 것이 끝났어요.”

“바로 그 점이 너의 그릇된 생각이야. 너에게는 그만한 분별력도 없다는 말이냐. 네 생각과는 달리 모든 것이 잘 되었단다.”

“어머! 그래요. 정말 고마우셔라.”

“잘 들어. 나는 네 남편의 고백을 들었어. 그것은 참으로 깊고 괴로운 한 남자의 얘기였어. 결국 나는 진실을 알게 되었지. 맞아, 그것은 네 말대로 바람기였어. 네 남편의 머리를 어지럽게 한 여자는 보잘것없는 예쁜 여배우였더구나.

온 남성이 그녀를 손에 넣었다가는 다시 다른 남자에게 빼앗기고, 또 손에 넣으려고 하는 그런 여배우 말이다. 네 남편을 만난 그 여배우도 이미 많은 사람 손에 넘어갔다가 또 네 남편에게로…… 알겠지?

이제 우리는 가족이나 다름없어……. 그럼 지금부터 내가 하는 말을 잘 들어야 해. 모든 배우들이 그렇듯 네 남편을 유혹한 그 배우도 낮에는 자유를 만끽하잖니. 그녀의 자유는 딴 여자들의 사유가 끝날 무렵, 예컨내 한밤중에 시작된다는 것쯤은 너도 알고 있겠지.

그래서 나는 네 남편의 탈선을 막기 위해 한밤중부터 네 시까지 근무하도록 명령했단다. 물론 이에 대한 보수는 별도로 지급할 것도 약속했지. 글쎄, 좀 힘든 일이라고 생각해서 말이야. 물론 네 남편의 미래는 보장하고 그의 행복도 변함없을 거야. 어때, 그만하면 네 남편은 야심가가 아닌가? 내 말이 맞을 거다. 그는 대단한 야심가야.

그는 남달리 직함과 명예를 좋아하는 것 같더군. 훈장은 어떨까. 먼저 내 사적인 일로 네 남편을 고용하겠어. 반년이나 삼 개월 후에는 상당한 지위에 올려주기로 약속했지. 곧 나의 부관이나 비서로 만들어 주겠어. 그는 너의 기분을 맞출 때만 나하고 헤어지는 거야. 그러니 넌 얼마나 행복한 아내의 자리를 누리고 있느냐 말이다. 우리 둘이서 그를 감시하도록 하자꾸나."

"정말 당신은 친절하시군요."

"그렇지?"

"이토록 어부인 마님이 친절하신 줄은 미처 몰랐어요."

"그래 너는 아름다운 여자야. 네 마음은 너무 착하구나."

"제가 아름답다고요? 이 세상에 마님보다 더 아름다운 분이 또 있으려고요?"

"그러고 보니 너도 보기보다는 입에 발린 말을 잘하는구나. 나는 이미 서른 살이고, 너는 겨우 스물다섯 살의 젊음을 가지고 있지 않니. 아아, 나는 이미 모든 것을 체념해버렸어. 하지만 넌 변함없이 언제까지나 나를 사랑해 주겠지?"

"그럼요. 전 늘 어부인 마님을 사랑했어요. 앞으로도 변함없이 당신을 열렬히 사랑하겠어요. 나의 생명은 당신 것이나 다름없어요. 죽을 때까지 이 한 몸 당신을 위해 기꺼이 바치겠습니다. 물론 제 남편도 그러리라 믿습니다."

"나도 네가 그러기를 원한단다. 물론 네 남편을 매우 위험한 궁지에서, 그리고 불행한 사랑에서 구해준 대가에 보답하기 위해서라도 말이다. 왜냐하면 그가 맹목적으로 휩쓸려 들어간 사랑의 불장난 속에서 과연 어떤 기쁨을 맛볼 수 있었을까!"

"왕녀님, 그 사람이 제정신이 들면 마님께 감사의 절을 올릴 거예요. 지난밤, 아니 새벽 무렵 그는 몹시 허둥거리며 돌아왔어요. 나는 그저 그가 술에 취한 줄 알았지요. 그런데 그는 무엇엔가 자신의 영혼을 빼앗긴 듯한 눈빛으로 나를 멍청하게 바라보았어요. 미친 사람의 광기와 같은 것이 번득이고 있었죠. 그리고 잠시 후 자기 방으로 들어가자마자 문을 닫아걸고는 엉엉 목놓아 울었어요. 그 울음은 성난 짐승의 울음소리와 같았어요.”

“다른 말은 하지 않았어?”

“무슨 말을 하겠어요. 그는 개방적인 성격이 아니잖아요.”

“그런 태도는 남자들만이 가진 본받을 만한 훌륭한 장점이지. 너 같으면 고백해야 하는 남자의 굴욕의 마음을 어떻게 헤아릴 수 있겠니? 뭐, 그런 사람이 있긴 하지……. 내 남편 같은 사람 말이다.”

“정말 마님의 사랑은 불행했군요.”

“지금의 나로서는 그랬는지 그렇지 않았는지도 잘 모르겠어. 남편과의 불행은 이제 더 이상 생각하지 않겠어. 오직 현재만이 내 마음을 위안해 줄 뿐이야……. 한 사람의 사랑을 받고 사랑하는 사람에게 행복을 느끼게 해주는 일, 이보다 더 아름다운 것이 또 있을까?”

“마님은 너무 훌륭하고 멋있어요.”

“그래서 모두 나를 좋아하는 모양이지.”

“맞아요. 그래요.”

“아! 사랑스러운 나의 벗이여!”

왕녀는 시녀에게 자기 손을 잡게 한 다음 그 손에 입을 맞추도록 눈짓했다.

‘입맞춤이 겹치는구나.’

하고 그녀는 생각했다.

‘이 입맞춤이 어젯밤의 그것을 지워버리는구나. 불쌍한 부부여! 너희 두 사람의 입술이 또 열렬하게 내 손등에서 만나는군. 그것도 내 살갗 위에서 말이다. 참 불가사의한 인연이구나.’

"아!"

왕녀는 신음 비슷한 소리를 내다가 조금 큰 소리로 시녀에게 말했다.

"너희 부부는 가까운 장래에 각자의 행복을 찾을 방법을 신중하게 생각해 보기 바란다. 내가 들은 네 남편의 고백에 따르면, 그동안 부부 사이로 지내 온 즐거움이 네 남편을 약간 지치게 한 거야. 남자들이란 다른 여자에게 구애받는 것이 싫은 모양이더구나."

"그럴지도 모르죠. 부부 사이엔 때론 길고 지루한 시간도 있겠죠. 제가 더 많이 노력할게요. 이제부터는 더 관대하게 남편을 대할 거예요."

"하지만 네가 생각하는 만큼 관대해지기란 어려울 거다. 어쨌든 네 남편이 매력적인 남자라는 것만은 틀림없어. 잘생긴 용모에 매우 열정적인 젊음을 갖고 있더구나."

"그랬어요?"

"그야 지금도 그렇겠지만, 그것만큼은 너도 확실히 인정하지? 넌 지금이라도 그것을 깨닫지 못한다면 불행해질 거야. 만약 내가 모든 것을 체념하지 않는다면 말이야. 그리고 내가 왕녀 신분이 아니라면, 너 대신 내가 질투하겠지."

"어쩌면 좋을까요. 저는 마님의 마음을 너무나 잘 알고 있으니 말이에요."

"그럼 지금 당장 당당하게 집으로 돌아가. 아직도 슬픈 마음이 남아 있단 말이냐?"

"조금 슬퍼요."

"그렇지만 구름이 흘러가면 하늘은 또 파랗게 얼굴을 드러내지 않겠느냐!"

"글쎄요."

"내 영혼처럼 푸른, 나의 사랑스러운 동반자여, 나의 마음처럼 푸르게……."

그리고 그녀는 젖가슴에 새겨진 파란 멍이 있는 자리에 손가락을 가져다 댔다. 그 파란 멍이 사랑하는 사람의 육체를 유혹하고 있었다.

색

'너희들의 입맞춤이 어젯밤의 그것을 지워버리는구나. 불쌍한 부부여!
두 사람의 입술이 또 격렬하게 내 손등에서 만나는 것은, 그것도 내
살갗 위에서 말이다. 참 불가사의한 인연이구나.'

자주색

삶을 사랑하지도 포기하지도 않는 여자라면 좋겠습니다
|플로베르|

사람들은 그녀를 노처녀라고 불렀다. 그러나 그녀의 몸은 틀림없는 처녀였으나, 노파이기도 했다. 하지만 어느 쪽도 적당하게 보이지는 않았다.

그녀의 외모는 성숙한 말년의 노처녀처럼 불행하게도 과부가 된 것 같은 가련한 모습을 하고 있었다.

그녀는 늘 자수나 가선 장식, 그리고 자줏빛 리본이 달린 검은 옷을 즐겨 입었다.

때로는 연보라 제비꽃 다발로 장식한 블라우스 차림에 모자에도 같은 빛깔의 조화를 달고 있었다.

그래서인지 제비꽃 향기가 정원은 물론 집 안팎과 그녀의 가슴 속까지도 넘쳐흐르고, 그녀의 우아한 두 눈도 아름답고 짙은 자줏빛을 띠고 있었다.

노처녀의 명랑한 표정 속에는 늘 깊은 신앙심이 자리 잡고 있어서, 성당 사제들은 그녀의 고운 마음씨는 덕이나 신앙과 떼어 놓을 수 없는 단짝이라는 증거의 예로 들어서 말하기를 즐겼다.

"그 노처녀를 보세요. 그녀의 마음과 눈에는 하늘이 깃들어 있지요."

정말 그녀의 두 눈은 이를 데 없이 온화하며, 밝은 미소는 천사와 어린이를 닮았고, 한 여자로서의 정숙한 아름다움을 장밋빛 얼굴 가득히 풍기고 있었다.

그녀의 외모는 약간 뚱뚱한 듯 보였지만, 눈에 띌 정도는 아니었다. 전체적으로 보아 당당한 건축물처럼 마음이 편안해지는 단맛을 지니고 있어 평화로웠다.

다만 머리카락이 그녀의 나이를 말해 주고 있었는데 서서히 잿빛으로 변해 가는 금발은 사십 대에 접어들면서부터는 더욱 거칠고 빛이 바래서 흐르는 세월을 실감케 해주었다.

빨래 잘하는 여인이 잘 빤 것처럼 계절마다 조금씩 변한 갈색 천의 느낌을 주었다.

어쨌든 이 노처녀는 한마디로 말해서 누구나 호감을 품는 수녀가 틀림없었다.

그녀가 한때 약한 여인으로서 힘들고 불행한 나날을 보내지 않으면 안 되었을 무렵, 철도 건설 공사로 농지를 빼앗기는 대신 큰돈을 손에 넣었다.

그래서 그녀는 마음을 정리하고 새로운 일을 위해 잠시 방황의 길을 떠나기로 작정했다. 마침내 그녀는 가까운 친구와 단둘이서 여유로운 순례의 길을 떠났다.

여러 낯선 지방을 돌아보고, 풍습이 다른 많은 이들을 만나는 동안 그녀는 자기 자신이 전혀 다른 사람이 되었다는 생각까지 들었다.

마침내 그녀의 마음은 차분한 호기심에 눈을 떴고, 그러자 학식과 덕망이 높은 한 승려가 역사책을 빌려주었다.

소설은 늘 있을법한 달콤한 연애 이야기밖에 해주지 않았으나, 역사책은 문학가들이나 성자들이 현실적인 인류애를 사실적으로 증명하여 기록해 놓았다.

노처녀는 새로 알게 된 모든 사실에 놀랐다.

어느 날 그녀는 위엄있고 격조 높게 장정한 책을, 세계적으로 존경받는 추기경 깔레오뜨의 사진이 있는 면을 앞에 놓고 오랫동안 꿈 같은 생각에 잠겼다.

책과 작가의 사랑의 중매인 깔레오뜨

그녀는 결혼하지 않았다. 아니 결혼할 수가 없었다. 지상의 쾌락을 절대로 용인할 수 없었던 어느 사제의 손길에 이끌려 오직 예수님께 몸을 바칠 것을 맹세했기 때문이다.

이 사실을 안 그녀의 어머니는 눈물을 흘리며 죽겠다고 울부짖었다. 그래서 그녀는 어머니가 타계할 때까지 이 세상을 버리는 일을 접어두고 수녀로 가장한 연기를 해야만 했다.

그러나 세월은 그녀의 신앙심을 약화하진 못했다. 그러나 그녀의 마음속에서는 사제와 하느님께 한 맹세에 대한 기억이 조금씩 엷어져 갔다. 그리고 그녀가 맹세한 것을 지켜야 하는 의무에서 해방되었다고 느꼈을 때, 이미 그녀는 그일 자체를 생각조차 하지 않고 있었다.

왜냐하면 그녀를 종교의 볼모로 사로잡았던 광신적인 사제가 죽었기 때문이었다. 또 혼기마저 놓친 나머지 그 지방의 모든 결혼 상대자들의 접근을 적당히 거절하고 자신의 처지를 돌아볼 겨를도 의식하지 못하는 사이 어느새 노처녀가 된 것이었다.

그리고 그것을 깨달은 지금은 모든 것이 너무 늦었고, 이와 같은 지난날의 세월 덕분에 그녀는 행복할 수 있었다. 무엇보다도 그녀는 사랑이란 몽상에 잠겨 있을 때보다도 현재가 더 행복하다는 것을 확신하였다.

9월이 끝나가는 어느 날 저녁 무렵, 심부름꾼과 함께 콩을 타작하다가 잠시 쉬는 동안 피곤한 나머지 엷은 졸음에 빠졌다가 그림과 같은 이상한 꿈을 꾸었다.

맑은 냇물 옆 마른 풀밭에 그녀가 게으름뱅이처럼 누워 있는 한 작은 마을이 보였다. 그런데 이상하게도 반쯤 풀어 헤친 한쪽 팔이 역 쪽으로 뻗어 있고, 다른 한쪽 팔은 깊은 숲속에서 길 잃은 아이처럼 헤매고 있었다.

어느새 머리는 교회로 변해 있고, 몸뚱이는 마을이며, 두 발은 동구 밖 입구가 되어 있었다. 이 모든 것이 낮잠을 자는 짧은 동안에 이루어진 것이다.

그리고 그녀가 여행을 떠날 때 자주 이용하던 역의 모습도 변함이 없어 보였다. 그때 어디선가 두 번쯤 긴 기적 소리가 들려오는 것을 어렴풋이 느꼈다.

노처녀가 너무 달콤한 꿈에 빠져 있었기에, 하인은 자신의 이야기가 아무런 동감도 얻지 못할 것이라는 판단에 아무 말도 하지 않았다.

그녀가 너무나 달콤한 꿈에 젖은 나머지 손님이 찾아왔음을 알리는 대문의 초인종이 울렸을 때 깜짝 놀라 당황한 모습으로 엉거주춤 일어섰다.

이럴 때 손님이 찾아온 것은 그녀의 꿈과는 걸맞지 않았다. 뜻하지 않은 방문객은 젊었을 적의 친구로, 지금은 시골 가난한 대서방 주인과 결혼해 사는 초라한 여인이었다.

그때 열두 살가량으로 보이는 가냘픈 소년이 남루한 회색 제복을 입은 가난에 찌든 모습으로 모자를 한 손에 들고 그녀의 뒤를 따라서 들어왔다.

친구를 맞이하는 태도는 약간 냉랭했지만, 가난한 여인은 매우 붙임성이 있어서 자기 집 꽃밭에서 꺾어온 아주 예쁜 꽃과 큰 배를 선물로 주었다. 그래서 노처녀는 약간이나마 웃는 얼굴을 되찾았다.

여인은 소년을 그녀에게 소개하였다. 아이는 이곳 읍내의 유일한 상급 학교인 중학교에 기숙생으로 입학하게 되어 있었다.

그런데 소년의 부모는 고향에서 여러 형제를 돌봐야 하고, 무엇보다도 가난한 농촌 생활에 쫓기고 있었으므로 성의를 다해 자식을 만나러 온다고 해도 한 해에 서너 번밖에 올 수 없는 처지였다.

그러므로 오랜 옛 친구에게 부탁하여 맡기고 싶은 것이었다. 그녀가 지난날의 작은 우정을 생각해서라도 영리하고 상냥하며 예의 바른 이 아이를, 더구나 장학금까지 받기로 약속된 이 훌륭한 학생의 후견인으로서 보살펴 주기를 바라는 마음이었다.

인정이 많은 노처녀는 흔쾌히 승낙했다. 그러한 약속은 신앙 속에서 독신으로 살아온 그녀에게는 일종의 자선사업 같은 것으로 생각되었기 때문이다.

"좋아요. 내가 미처 보살피지 못할 때는 가정부 로자리에게 그 애를 감독하게 할게요. 또 날씨가 좋은 날이면 그녀에게 팡에 있는 내 농장에 그를 데려가도록 하죠. 댁의 아드님은 우유를 좋아하는지요?"

"네, 아주 좋아합니다."

하고 그의 어머니가 감동 어린 음성으로 말했다.

그러자 그때까지 아무 말도 하지 않고 있던 소년의 음성이 들려왔다.

"고맙습니다, 아가씨."

이 상냥한, 남자다운 목소리를 이미 들은 노처녀는 천천히 소년에게로 눈길을 돌렸다. 그러나 그에게는 한마디의 말도 건네지 않았다.

이윽고 밤이 되자, 모두 합심하여 콩 더미를 치웠다. 만종 소리를 듣고 노처녀는 교회로 갔다.

가정부 로자리는 10월 중순쯤 학교에 갔다. 곧 겨울 방학이 시작되기 때문이었다. 그날 이후 소년을 돌보는 임무가 그녀에게 맡겨졌기 때문이기도 했다.

노처녀는 가끔 교회와 읍내의 크고 작은 자선사업에 관한 일의 뒤처리로 밤늦게야 돌아오는 날이 많았다. 소년은 가정부와 둘만 있게 되면 들판에 풀어놓은 망아지처럼 제멋대로 굴었다.

그러다가 제풀에 지치면 소년다운 본래의 모습으로 돌아와 자신의 학업이나 장래 계획과 꿈 이야기로 꽃을 피웠다.

어떤 때는 노처녀가 갑자기 돌아오면 소년은 조금 전의 거친 행동을 바꾸어 진지한 태도로 일변했다.

"내가 소위가 되면 곧장 결혼할 거야. 난 벌써 그 일을 염두에 두고 있거든."

"그럼 상대는 누구인지, 있기는 하니?"

"그럼 있고말고."

가정부는 그저 웃었다. 그녀도 자기가 결혼하게 된다면 누구 하고 할 것인지 알고 있었기 때문이다.

"어쩌면 저토록 사랑스러울까!"

노처녀는 새삼스럽다는 듯 말했다.

그 후부터 소년이 학교에서 돌아올 시간이면 그녀는 외출을 삼가고 반드시 집에 있었다.

그리하여 소년으로부터 학교에서 있었던 사소한 일을 전해 듣거나, 함께 산책하거나, 벽난로를 등지고 앉아 그림자놀이를 즐기곤 했다.

그녀는 가끔 장난삼아 소년을 당신이라 부르며 가볍게 안아주는가 하면, 그의 교복을 가볍게 털어주면서 마치 인자한 어머니와 같은 흉내를 내며 소년을 은밀히 사랑하였다.

그러는 동안 시간은 흘러 일 년이 지났고, 소년은 열세 살이 되었다. 새 학기의 여름방학이 다가왔다.

하지만 노처녀는 여름방학을 소년 혼자서 지내게 하고 자기는 또 성지 순례 여행을 떠났다.

그러나 방학이 끝나가는 9월 말이 되자, 그녀는 생일이라도 맞는 듯 기쁨을 안고 서둘러 돌아왔다. 왜냐하면 자기를 대리 보호자라고 부르는 아이를 학교에 데려가고 싶었기 때문이다.

소년은 새 학기가 시작되기 전까지 3일간 그녀의 집에서 함께 지냈다. 노처녀는 천성적으로 동정심이 많아 지나치게 친절하고 다정하게 소년을 대했기 때문에 가정부 로자리는 그녀를 질투하기까지 했다.

또 소년이 기숙사에서 외출 나오는 날이면, 그녀는 모성애와 같은 마음으로 그를 기꺼이 맞아들였고, 그도 지극히 행복한 모습으로 그녀 곁으로 돌아왔다. 그것은 둘만의 은밀한 시간이었고, 가족의 화합을 뜻하는 재회의 시간이기도 했다.

그러나 어딘지 모르게 불안이 깃들어 있어서 무척 예민하면서도 나른한 분위기를 자아내고 있었다.

그러한 생활이 연속되면서 소년은 어느새 열네 살이 되었고 이미 성숙한 젊은이로 성장해 있었다.

로자리가 농장에 가 집을 비운 어느 날 오후, 두 사람의 마음은 갑자기 동요하기 시작했다. 그것은 마치 울을 뛰쳐나온 동물의 격정과 비슷하였다.

두 사람은 서로 의논이나 한 것처럼 집 안으로 들어갔다. 천둥소리가 유난히 요란한 무더운 날이었다.

"자, 내 방으로 가볼까. 그곳은 아주 시원하단다."

하고 그녀가 유혹하듯 달콤한 음성으로 말했다.

이러한 두 사람의 감정은 악의 없고 거역할 수 없는 자연스러운 일이었다.

두 사람은 방 안으로 찾아들어 작은 테이블 곁으로 갔다. 거기에는 오래된 사진첩이 놓여 있었다. 그들은 함께 그것을 보는 척

했지만, 사실은 아무것도 눈에 들어오지 않았다.

또 서로 이야기를 주고받는 동안 두 사람의 목소리가 이상하게 변한 것이 희미하게 느껴졌다.

그러자 자연스럽게 두 사람의 무릎이 맞닿고 다음에는 손이, 그다음에는 입술이, 그리고 수고가 들기는 했지만, 그 밖의 신체 부분까지도 서로를 요구했다.

순결한 노처녀의 강렬한 욕구는 놀라움과 감동이었다. 그녀는 알 수 없는 무엇이 벅차올라 눈물까지 흘렸다. 그녀는 무릎을 꿇고 어린 벗의 사랑스러운 육체를 성스러운 표식처럼 경배했다.

그녀가 지금까지 살아온 경건한 날들을 통해서 막연하게나마 기도하며 간구하던 신이 드디어 모습을 드러낸 것이다. 그리고 사제들이 그녀에게 예고했던 행복을 마침내 몸으로 직접 느꼈고 그녀의 가슴을 부풀게 했다.

그러나 소년은 그리 크게 동요하지 않는 눈치였다. 왜냐하면 아직 그 나이 또래에는 미숙함이 있기에 맛보는 쾌락도 그리 감동적이지 않았기 때문이다. 다만 그는 해부학적인 호기심에 더욱 사로잡혀 있었다.

그는 처음 잡은 산 메추라기를 요리조리 건드려보고, 그 새털을 모두 쥐어뜯어 보고 싶어 하는 젊은이들처럼 손에 들어온 여자를 호기심 가득 찬 시선으로 세세히 살펴보았다.

"아이고, 어쩌지. 로자리가 돌아오는구나."

하고 노처녀가 나지막하게 말했다.

저녁 식사 전까지의 몇 시간은 은혜로운 행위의 연속이었다. 그녀는 사람들이 미사를 드리면서 찬송을 듣듯 성스러운 분위기에서 경건한 마음으로 음식을 먹었다.

그리고 이러한 일은 목요일부터 그다음 주 목요일까지, 여름 방학부터 다음 해의 방학 때까지 4년간이나 이어졌다.

젊은이는 때로 다른 사랑을 원했지만, 이 작은 읍내에는 연애를 할 만한 장소와 여자를 어디에서도 찾을 수 없었다. 무엇보다도 집요한 팔이 그를 붙잡고 있었기 때문에 그런 기회를 얻을 수 없었는지도 모른다.

그리고 너무나 헌신적인 팔이, 관대한 손이 그를 놓아주지 않았다.

마침내 여주인의 비밀을 안 가정부 로자리는 그것을 미끼로 장래에 대한 불안도 생각하여 결혼 지참금을 왕창 뜯어냈다.

그리고 노처녀의 이상한 양자는 그녀의 헌신적인 보살핌으로 아주 훌륭한 청년으로 성장하였다.

한편 노처녀는 다른 여자 친구에게 한 아이는 열두 살, 다른 아이는 여덟 살인 두 소년이 있다는 것을 알았다.

그래서 그들의 한 아이가 중학교를 끝마칠 때까지 모든 학비와 숙식 일체를 맡겠노라고 제의했다.

이렇게 해서 그녀는 새로운 아이와 젊음의 쾌락을 맛볼 기회를 또 얻었다. 이러한 일은 계속되어 그 후로도 세 젊은이는 그녀를 예순 살까지 동반자로서 함께해 주었다.

노처녀로 얌전하게 지낸 청춘 시절 덕분에 노년에 이르기까지 부유하였고, 더구나 젊은 육체를 맛보며 끊임없이 회춘하여, 미모와 학식을 갖춘 궁중의 영원한 연인 니농처럼 순결한 이 여자는 마을 사람들의 칭송을 들으며 학교에 보내지 않으면 안 될 아이들을 가진 가난한 부모의 대리 보호자로서 자선가 노릇을 계속할 수 있었다.

이렇듯 밝은 빛과 어두운 그늘 생활이 이어지는 동안 위험해진 그녀의 신앙심은 성직자들에게 노출되었고, 그들에게 불안을 안겨주었다.

그때의 학생 중 하나가 연상의 사랑 행위에 염증을 느끼고 속죄하는 마음으로 신학교에 진학하였다. 노처녀가 관대하게도 학비 일체를 대 주었기 때문에 교회에서도 마음을 놓았다.

때로는 이를 데 없이 깊은 신앙심을 가진 사람의 마음에도 세속적인 가뭄이라는 위기는 있는 법이다.

한편 그녀는 기쁘게 자신의 어두운 그늘 생활을 고해성사 형식으로 일목요연하게 낱낱이 고백했다. 그래서 노처녀의 고해승인 교회의 늙은 참사원만 이 모든 진실을 알고 있었다.

그래서 그는 고해성사한 여인의 눈을 의식적으로 피했고, 그 여인이 가까이 오는 것을 꺼렸다. 그녀의 입술에 달라붙은 비밀의 냄새가 자신의 마음을 독살해 버릴 것 같은 절망감을 느꼈기 때문이다.

마침내 그는 온화한 암사자와 같은 그녀가 일곱 번째의 어린 양을 게걸스럽게 잡아먹는 꼴을 보고는 너무 슬픔이 복받쳐 비분하며 죽었다.

그러나 노처녀는 여전히 제비꽃으로 블라우스와 모자를 장식하고 자줏빛 눈길로 정원의 이곳저곳을 바라보며 변함없이 마음을 젊게 해주는 소년들의 젊음의 향기로 그녀의 삶을 가득 채우고 있었다.

색

노처녀는 여전히 제비꽃으로 블라우스와 모자에 장식하고 자줏빛 눈길로 정원의 이곳저곳을 바라보며 마음을 변함없이 젊게 해주는 소년들의 젊음의 향기가 그녀의 삶을 가득 채워주고 있었다.

빨간색

사랑하는 마음을 버리지 않는 것이 진정한 사랑입니다
|쉴레|

그녀는 두 팔에 우유 통을 하나씩 들고 막 떠오르는 엷은 햇살을 받으며 돌아오는 길이었다.

그녀의 나막신木靴은 아침 이슬에 젖었고, 젖은 치맛자락이 그녀의 가느다란 다리를 차갑게 했다.

태양이 엷은 안개 속에서 물감으로 그려놓은 것처럼 빨갛게 보일 때, 그녀는 문득 이런 생각을 했다.

'한낮이 되면 오늘 날씨는 틀림없이 좋을 거야.'

그녀는 우유를 흘리지 않도록 한길에 박힌 작은 돌부리를 피하고, 또 이슬에 젖은 맨발이 몹시 시렸기 때문에 축 늘어진 키 큰 풀을 요령 있게 헤치면서 오랫동안 그 생각을 했다.

'한낮이 되면 날씨가 좋아질 거야.'

그녀는 지금 농가 사람들이 공동으로 힘써 닦아놓은 조금 넓은 오솔길이 곧게 뻗은 발풀고사리 들판을 가로질러 계속해서 걷고 있었다.

아침 안개는 어느덧 태양의 마법에 걸린 듯 어디로인가 사라지고, 싱싱한 대지가 뚜렷하게 펼쳐졌다.

어쩌면 그 안개는 하늘 높이 올라갔다가 그곳에서 다시 아침 이슬이 되어 사뿐히 내려앉으면서, 친밀한 정을 담아 메마른 대지의 어깨에 걸쳐주는 망토가 될 것이다.

그녀는 또 생각에 잠겼다.

'더위가 굉장할 거야.'

그리고는 들새 한 마리가 잠시 앉았다가 인기척에 놀라 홀연 방향 없이 날아가자, 그 여운처럼 흔들리는 붉은 메밀꽃 줄기를 보고 새삼 계절의 흐름을 실감했다.

'벌써 메밀을 벨 때가 되었구나.'

이런 생각은 잠시 그녀를 기쁘게 했지만, 한편으로는 그녀에게 왠지 모를 쓸쓸함을 안겨주었다.

왜냐하면 계절은 아직 눅눅한 습기를 머금고 있지만, 메밀을 다 베어내고 나면 틀림없이 황토밭을 모두 갈아엎을 것이기 때문이다.

그녀는 불현듯 소스라치게 놀랐다. 이런저런 생각에 너무 많은 시간을 지체한 것 같았기 때문이다.

무엇보다도 서둘러 돌아가 빨리 우유를 전해주고 닭장에 있는 닭들에게 모이를 주어야 하고, 그러고도 많은 일이 그녀를 기다리고 있었다.

할 일이 너무 많아서 일 생각을 하면, 그녀의 작은 가슴은 답답함으로 죄어드는 것 같았다.

그녀는 아주 빠르게 걸었기 때문에 우유 통에 맺힌 물방울이 튀어 나막신 위로 떨어졌다. 어느새 태양은 바로 눈앞까지 떠올라 있었다.

  그녀는 잠깐 걸음을 멈추고 서서 통을 내려놓고 햇빛을 받아 황금색으로 물들어 보이는 아름다운 두 팔을 높이 들어 올리고는 늘 그랬던 것처럼 잠시 피로를 풀었다.

  그때 자기도 모르는 사이에 한숨이 흘러나오자, 곧 그녀는 후회하는 마음이 들었다.

  그녀는 갑자기 파랗게 질리며 가슴에 손을 얹고 놀라지 않을 수 없었다. 무섭지는 않았지만, 올해 들어 처음 듣는 예고 없는 총성에 그저 놀랐을 따름이다.

  동시에 그녀는 나뭇가지 사이로 사뿐히 피어오르는 엷은 보랏빛 연기 한 줄기를 보았다. 그리고 작은 깃털 하나가 바로 그녀 곁으로 날아왔다. 그리고 상처 입은 산 메추라기 한 마리가 고사리밭 한가운데로 힘없이 떨어졌다.

  "자아, 톰. 어서 찾아. 얼른 갖고 와."
하는 젊은이의 목소리가 가까운 숲속 어디선가 들려왔다.

  그러자 사냥개 한 마리가 오솔길을 따라 뛰어오면서 떨어진 새의 행방을 찾는 듯 주변을 맴돌다가 풀이 우거져 그늘이 드리운 어두운 숲속에는 들어가지 않겠다는 듯 그쪽을 향해 짖어대기만 했다.

  이 겁많은 사냥개를 본 주인은 화가 났는지 조금 전보다 더 거친 목소리로 외쳐대면서 바로 옆에까지 달려 나와 명령을 거듭했다. 그러나 톰이라는 개는 꼬리를 내리고 젊은 처녀의 치마 아래로 몸을 납작 엎드렸다.

  이 돌연한 사건에 처녀는 웃음 띤 얼굴로 몸을 구부려 개를 쓰다듬어 주어 기운을 차리게 했다.

"이봐, 쓰다듬어 주면 안 돼. 때려줘야 해."

하는 격노한 소리가 바로 옆에서 들려왔다.

그것은 개 주인인 청년의 목소리였다. 바로 눈앞의 작은 나무들 사이에서 몸을 드러내며 말했다.

하녀는 재빨리 몸을 일으켜 젊은이를 흘끗 보고는 얼굴을 붉혔다. 왜냐하면 목소리만으로는 주인 영감인지 그의 아들인지를 분별하기 힘들었기 때문이다.

그녀는 주인이 젊은이의 부친이라 믿고 싶었고, 또 그렇기를 희망했다.

그것은 한집안에 살면서도 한 번도 말을 걸어주지 않는 덩치 큰 청년의 무뚝뚝함과 경멸하는 태도가 그녀는 참기 어려울 만큼 괴로웠기 때문이다.

그녀는 왠지 두려움과 부끄러움에 시선을 어디로 보내야 할지 몰라 허둥거렸다. 정신없이 젊은 주인과 개를 번갈아 바라보다가 가벼운 현기증마저 느꼈다.

젊은이의 명령은 계속 거듭되었다. 그러나 사냥개는 죽은 듯 꼼짝도 하지 않고 엎드려 있었다.

그래서 그녀는 사냥개 대신 맨발로 갈색빛으로 빛나는 고사리를 헤치며 안으로 들어갔다. 그러자 그녀의 황금빛 팔은 억센 풀잎에 베여 피가 맺혔다가 흘러내렸다. 그녀는 아픔과 눈물을 참으며 더 깊숙이 빠르게 걸음을 옮겼다.

이윽고 그녀는 이미 죽어 뻣뻣한 산 메추라기를 집어 들고 밖으로 나와 그것을 개 톰의 꼬리 쪽으로 휙 던졌다.

청년은 변함없이 잔혹한 갈색 고사리가 물결치는 바로 위의 나무들 사이에 우뚝 서서 그녀에게 정다운 눈빛을 보내며 개가 있는 쪽으로 천천히 다가갔다.

이 가난한 하녀, 그녀는 자신에게 보내온 감사의 신호를 보았는지, 아니면 모르는지 이에 답하지도 않고 그 활기찬 어깨를 또 한 번 추슬렀다. 그리고는 우유 통을 평행하게 유지하면서 조심스럽게 두 손으로 하나씩 들었다.

그녀는 자신의 정신만으로는 걷잡을 수 없을 만큼 막연하고도 심원한, 한꺼번에 모든 것을 잃어버린 듯 텅 빈 마음으로 걷고 있었다.

그녀의 발에선 피가 흐르고, 가시에 찔렸는지 손등에도 핏방울이 촘촘히 맺혀 있었다.

이미 그녀의 오른쪽 팔뚝에는 긁힌 상처가 나 있었고, 피가 맺힌 그 부분은 팔찌를 찬 것처럼 보였다.

"가시덤불에 찔렸었나 봐."

억센 가을 고사리 덤불에 찔리긴 했지만, 그것에 베이는 일은 없었다.

이상하게도 우유 통이 조금 전보다 훨씬 가볍게 느껴졌다. 그래서 그녀는 우유 통의 무게를 감당할 수 있는 한 빠르고 불안정한 발걸음을 재촉했다.

농장의 생울타리 옆으로 마주 지나가던 한 농부가 그녀의 피투성이 팔을 눈여겨보고는 얼굴을 붉혔다.

이윽고 식구들에게 우유를 나누어 주고 나서야 그녀는 심한 통증을 느꼈다. 아니면 아프다는 생각뿐이었는지도 모른다.

상처 때문에 생긴 자줏빛 팔찌가 그녀의 팔목을 죄어댔다. 그녀는 팔목보다는 마음에 더 강하게 옥죄는 느낌을 받았다.

그때 톰이 그녀 쪽으로 달려왔다. 이에 그녀는 놀라며 새로운 근심에 싸였다.

"또 시작하려는 걸까?"

그녀는 뭔가 또 다른 사건이 일어날 것 같은 예감에 혼자 중얼거렸다.

개가 숨을 헐떡거리며 달려와서는 기쁜 듯 그녀의 발밑에 엎드려 몸을 비비더니 누워버렸다.

그때 그녀는 문득 팔에 상처를 입은 생각이 나서 거기에 우유를 조금 발랐다.

"너무 떠받드는군."

청년이 다가오면서 장난기가 약간 섞인 음성으로 말했다.

"분명히 말했을 텐데…… 때려 주라고 말이야."

비로소 그녀는 자기가 해야 할 말을 찾았다.

"당신의 개를 때리란 말이에요?"

"물론이지. 네가 아니었다면 산 메추라기는 아직도 그 고사리 속에 있었을 거야. 그런데 넌 아프지도 않니? 저런 저런, 이봐, 피가 나잖아?"

그는 정말 미안한 표정을 지으며 그녀 앞으로 한 발짝 다가섰다. 마치 아픈 팔을 잡으려는 듯 자세를 취했다.

그러자 다른 세계가 그녀를 둘러쌌다. 그녀는 오직 한 남자 앞에 선 약한 여자일 뿐이었다.

"자, 보여줄래."

그녀는 자기도 모르게 햇볕에 그을린 황금빛 팔을 그의 앞에 내밀었다가 황급히 거두어 들었다.

그 바람에 주름투성이인 얇은 블라우스 속에서 작은 산딸기 같은 그녀의 젖꼭지가 선명하게 요동쳤다. 청년은 유혹되었지만 자제했다.

"한 가지 약속받고 싶은 것이 있어. 조금 전 고사리밭에서 너와 마주친 것이 알려지면 곤란해서 그래."

그 순간 그녀는 햇빛보다 더 강력한 어둠 같은 것을 느꼈다. 뽀얀 먼지 같은 것이 그녀의 머릿속을 텅 비게 했다.

그는 무엇을 해야 하는지, 그녀에게 의문을 일깨운 다음 미련 없이 사버렸다.

다음 날 아침 찬 이슬이 걷히고 톰이 전날 잡은 산 메추라기를 또 찾을 때, 예상치 못했던 울음이 히스꽃 황야가 펼쳐진 고사리밭 옆 키 큰 마른 풀 속에서 들려왔다.

하녀는 전날과 다름없이 황금빛 팔을 한 번 들어 올렸다가는, 우유 통을 한 손에 하나씩 들고 돌아왔다.

그녀는 몹시 피곤하고 약간 흥분해 있었지만, 도중에 한 번도 쉬지 않았다. 언제나 반복하는 일로 식구들에게 먼저 우유를 돌렸다. 그러나 머릿속은 막연하게 텅 비어 아무것도 떠올리지 못했다.

그러나 일을 마치고 의자에 걸터앉아 자기의 팔을 들여다보니, 미친 듯 아픈 상처가 아팠고 팔찌가 만들어진 자리에는 빨간 맞물림 쇠가 만들어져 있었다.

색

그녀는 자기도 모르게 햇볕에 그을린 황금빛 팔을 그의 앞에 내밀었다가 황급히 거두어들였다. 그 바람에 주름투성이인 얇은 블라우스 속에서 작은 산딸기 같은 그녀의 젖꼭지가 선명하게 요동쳤다. 청년은 유혹되었지만 자제했다.

녹색

첫사랑은 노래를 주었고 영혼을 선물하였습니다
|디즈데일|

까뜨리느는 자백을 얻어내려는 모진 고문과 심문자의 끈질긴 유도에도 묵비권으로 대항하며 일주일간 끈질기게 저항하였다.

그러던 끝에 여주인 W부인을 독살했다는 죄목으로 기소되자, 비로소 입을 열어 이렇게 말했다.

"네, 그래요. 어쩌면 범인이 저일지도 모르죠. 하지만 저는 절대로 죄를 범하지 않았습니다. 저와 그녀는 둘이서 살고 있었습니다. 그러나 그녀의 성격이 너무 심술궂어서, 반년 전부터는 누구도 그녀의 집에서 두 시간 이상 견뎌내지 못했습니다. 인내하며 함께 있으려 해도 고작 아침나절뿐이었습니다.

그래서 당신들은 오랫동안 그녀와 함께 기거해온 저를 범인으로 지목하여 고소할 수 있었을 겁니다. 제 나름대로 곰곰이 생각해 본 끝에 그런 결론에 도달하였습니다.

제 판단으로는 아무 말도 하지 않고 당신이나 모든 재판관 앞에서 입 다물고 죽은 듯이 앉아 있으면 이 위기에서 벗어날 수 있겠다는 생각도 들었습니다. 그러나 끝끝내 입을 다물고 있으면 처형될지 모른다는 것도 알게 되었습니다.

바로 오늘 아침이었습니다. 어두운 감방에서 눈을 뜨니, 어디선가 새어 들어오는 한 줄기 선명한 빛처럼 모든 것을 분명하게 판별할 수 있었습니다. 그때까지는 답답한 밤의 어둠 속에 갇혀 살았다는 무분별함에 의식을 잃고 있었는지도 모릅니다. 또 나 자신만이 삶에서 방치되어 잊히지 않았나 하고 생각하였습니다.

그때 당신이 나를 심문하려고 불러냈고, 묻는 내용에 대해서는 처음부터 그 뜻을 알 수 없었습니다. 그러나 저는 미소로써 대답을 대신했습니다. 왜냐하면 당신이 내게 말을 걸어오는 것이 기뻤기 때문입니다. 그것은 어젯밤 모든 일이 나도 모르게 머릿속에서 정리된 덕분일 겁니다. 그러므로 당신에게 지금까지 있었던 일을 사실 그대로 이야기하겠습니다. 하느님께 맹세하건대, 결코 저는 죄를 범하지 않았습니다."

까뜨리느의 약간 모호한 모습을 눈여겨보면 저속한 면은 없었고 본인도 역시 그런 불확실한 생활로부터 빠져나오려고 애쓰고 있었던 것이 틀림없었다. 그녀가 맡은 일은 시중드는 사람과 하녀의 중간쯤 되는 역할이었다.

그녀는 한때 교사 생활을 하기도 했다. 태생은 보잘것없었지만, 가정 교육만큼은 훌륭했다.

그녀는 키가 훤칠하게 크고 여성스러운 얼굴은 붉은 그림자를 드리우는 갈색 머리 아래에서 너무 흰 나머지 창백해 보였고, 두 눈은 밝고 신비로운 초록빛을 띠고 있었다.

그녀가 도전적으로 눈을 치켜떴을 때, 판사는 그녀의 초록빛 눈동자에서 뭔지 모를 공포감을 느끼며 가만히 바라보았다.

'녹색 눈동자로군. 고양이의 눈과 흡사해. 마녀의 눈이야.'
하고 판사는 혼자 중얼거렸다.

그녀는 눈을 내리감고 앞에 앉아 있는 판사의 대답을 기다렸다. 그리고 의아해하는 모습으로 그 초록빛 눈을 치켜떴다.

'초록빛 눈동자다. 그러나 곱고 깊이가 있어 매력적이고 아름다운 눈이야.'
하고 판사는 생각했다.

'연애하는 여자의 눈빛이다. 확실히 이 사건의 이면에는 남자가 개입되어 있어. 이 여자는 무슨 까닭으로 그 애인을 구하려던 것일까. 저 초록빛 눈동자는 그녀가 그를 얼마나 사랑하는가를 말하고 있어. 그리고 얼마나 벅찬 사랑의 나날을 보내왔는지 증명하는 눈빛이야. 재판이란 얼마나 어리석고 초라한 인간의 말장난인가. 그 쓸모없는 나이 든 여자가 사라졌다고 해서 뭐가 변한단 말인가.'

먼 데를 응시하는 듯한 그 눈에 한 줄기 빛과 같은 행복을 지키기 위해서 한 정당한 행위였다면, 오히려 잘한 일 아닌가. 이 여자의 눈이 사랑에 빠졌을 때는 더 아름다워질 게 틀림없어. …… 아아, 내가 먼저 미쳐버릴 것 같다.

그는 양 눈썹을 찌푸리며 짧게 말했다. 심문자로서의 위엄이 깃든 음성이었다.

까뜨리느는 이런 경우, 자신이 여성스러운 태도를 보이는 것이 얼마나 큰 효과를 얻을 수 있는지 잘 알고 있었다. 그래서 더욱 여자다운 몸가짐을 보여주었다.

"네, 사실대로 말씀드리겠습니다. 저는 2년 전 W부인 집에 가정부로 고용되었습니다. 하루 대부분을 두서없는 잡다한 일로 힘겹게 보내지 않으면 안 된다는 것을 금방 알게 되었습니다.

그러나 이만한 일은 저의 인내력으로 충분히 감당할 수 있으리라 믿었습니다. 그러나 사정은 사뭇 달랐습니다. 병에 가까운 주인 여자의 심술과 의심은 집안에서 일하는 하녀나 머슴들 사이에 끊임없는 분쟁과 다툼을 벌이게 만들어 하루도 마음 편할 날이 없었습니다. 이러한 쓰레기더미 속과 같은 생활에 더 이상 빠져들지 않으려고 그만두려 했습니다.

그런데 그때 그녀가 저를 약간 두려워하는 눈치가 보이기에, 잘만 하면 그녀를 거역할 수 있으리라 생각했습니다. 이에 마음을 다시 고쳐먹은 저는 일을 좀 더하기로 작정했습니다.

다행히 여주인은 최근에 새로 한 여자를 고용하였습니다. 그래서 저는 힘든 일에서 놓여났고, 남자 하인들의 도움 없이도 모든 집안일을 도맡아 꾸려나갔습니다. 그래서 저와 같은 처지에 있는 고용인들은 여주인의 말보다 제 말을 더 많이 따르게 되었습니다. 저는 이렇게 하여 겨우겨우 마음의 평안을 얻었고, 여주인이 무뚝뚝하게 말을 걸어와도 미소로 대답할 수 있게 되었습니다.

하지만 그녀는 변함없이 오만불손한 어조로 명령했습니다. 그러나 시간이 지나면서 조금씩 달라지기 시작했습니다. 이에 용기를 얻은 저는 앞으로는 더욱 좋아지리라 기대하였습니다. 그래서 불편한 굴욕의 생활을 견디어낼 수 있었습니다. 무엇보다도 위안이 된 것은, 특별히 저에게만은 외출을 허락하는 것이었습니다."

"그 외출이란 당신의 애인을 만나기 위한 것이었겠군그래."

"네, 그렇습니다. 나는 거의 하루도 빼놓지 않고 애인을 만나러 갔습니다. 물론 지금도 당신이 허락해 주신다면 그를 만나고 싶어요."

이때 여자의 초록빛 눈동자는 대단히 온화하고 격렬한 빛을 띠었다. 그래서 판사는 그녀의 반짝이는 눈빛에 감히 대항할 수 없었다.

그는 얼굴을 숙이고 말했다.

"어서 계속하시오."

그는 연필을 만지작거리며 종이에 뭔가를 그렸다.

"그러나 잦은 외출 때문에 마침내는 부인의 의심을 받는 처지가 되어버렸어요."

하고 까뜨리느는 조용히 말을 이었다.

"가끔 식당에서 음식을 시켜 먹기도 했습니다. 우리 두 사람은 취향이 같지 않았습니다. 그래서 저는 따로 음식을 만들어 먹었습니다. 그 점은 부인도 관대하게 묵인해주었습니다. 그런데 이것이 사건의 발단이 되었고, 그녀가 불행을 자초하게 된 것입니다."

여자는 차갑게 말했다.

"어떤 불행 말인가?"

"아아, 글쎄, 그녀가 생각해낸 것입니다. 전혀 상상도 할 수 없는 일을……."

"일어나지 않으면 안 될 일을 생각해냈단 말이지."

판사가 의심이 담긴 눈빛으로 말했다.

"네, 그래요. 숙명적으로 일어나지 않으면 안 될 사건을 말이에요. 그녀 스스로 생각해낸 것이라고는 하지만, 자기의 손과 발로 저지르는 행동이 아니라, 마음속으로 끊임없이 준비하고 있던 망상에 가까운 것을 말로 표현한 것뿐입니다.

어느 날 갑자기 주인 여자는 금방 시켜온 음식 접시를 내 앞으로 내밀며, '까뜨리느, 너는 나를 독살할 생각이지.'하고 소리쳤습니다. 늘 그랬던 것처럼 의심 많은 노파의 피해의식이라고 생각하고 조용히 대답했습니다.

'주인마님, 무슨 말씀을 그렇게 하세요. 그런 끔찍한 일은 꿈에도 생각해 본 적이 없습니다. 마님께서도 잘 아시잖아요.'하고 타이르듯 말했습니다.

'그럼 이걸 먹어봐!'

그녀가 계속 그렇게 말하더군요.

그래서 저는 하는 수 없이 그녀가 내 앞으로 내민 접시의 음식을 덜어 먹었습니다. 이에 부인은 만족한 듯 '자아, 오늘은 이쯤 하지.'하고 중얼거리면서 식사를 이어갔습니다.

그 후에도 이런 일이 몇 번이나 거듭되었기 때문에, 새로운 악몽에 시달리게 되었습니다. 고된 하루의 일을 마치고 잠자리에서까지 주인 여자의 망령된 소리가 들려온 것입니다. 그때 그녀에게서 도망쳤다면 아무 일도 일어나지 않았을 겁니다. 그러나 저는 그곳을 떠날 수 없는 처지였습니다.

이 무렵 저에게 감당하기 힘든 큰 슬픔이 생겼습니다. 왜냐하면 제 애인이 깊은 병에 걸려 파리를 떠나지 않을 수 없게 된 것입니다. 만약 주인 여자의 망집妄執이 광기였다면, 저는 벌써 미쳐버렸을 것입니다. 그러던 어느 날 아침, 저는 죽은 사람을 위해 진혼가를 부르듯 '오늘 이것만큼은……' 하고 단단히 마음먹었습니다."

판사는 시계를 꺼내 보고는 갑자기 자리에서 일어섰다.

"오후에 다시 시작합시다. 오후에 말이오. 안심해도 돼요. 더 이상 말하면 곤란하오."

2시간 후 판사는 감방에서 그녀와 단둘이 다시 마주 앉았을 때 이렇게 말했다.

"이봐, 당신이 고백하지 않으면 불리한 증거나 사건을 단정지을 만한 무엇도 찾을 수 없소. 그러니 이쯤에서 심문을 모두 마치겠소. 그러나 나중에 개인적으로 나에게 무엇이든 말해 주길 바라오."

"나중이라고 하셨나요. 그럼 당신을 다시 만날 수 있단 말인가요?"

하고 까뜨리느가 놀란 눈으로 물었다.

"그렇소. 당신을 또 만나고 싶소. 내가 당신에게 친절하지 못했소? 이봐요, 이런 말로 당신에게 은혜를 베풀고 싶은 마음은 추호도 없소. 그렇지만 내가 당신을 죽음으로부터 구해낼 수는 없다고 해도 감옥에서는 틀림없이 끌어내어 치욕으로부터 구원해 줄 수는 있소. 이 점에 대해서 나에게 감사하지 않겠소?"

이 말에 그녀는 용기를 얻은 듯 재빨리 말했다.

"제 목숨 따위는 하잘것없어요. 그런데 지금은 어떠냐고요? 감옥이 무서워졌어요. 그러나 자유는 더 무서워요."

그녀는 말을 마치고 얼굴을 두 손에 묻고 울었다.

"당신의 애인이 기다리고 있지 않소?"

하고 판사가 조금 떨리는 목소리로 물었다.

"애인이 나를 기다리고 있다면 제가 왜 울겠어요?"

"그럼 내가 당신을 사랑해도 된다는 말이군. 당신은 나의 사랑을 받고 싶소?"

"지금 제 처지로 어떻게 거역할 수 있겠어요?"

"고마운 말이군. 그런데 당신은 나를 사랑할 수 있겠소?"

"제가 말인가요? 만약 당신이 애인을 떼어놓으려는 질투심에서 저를 처형하신다면 무서워서라도 당신을 사랑해야겠지요."

"그러나 당신에겐 애인이 없다는 걸 난 이미 알고 있는걸."

예심 판사들의 심문 조서는 재판의 결과를 좌지우지할 만큼 위력이 있었다.

"그는 죽었어요. 그리고 그 사람이 죽음으로서, 내가 그에게 배반당했다는 것을 알았어요. 이젠 저를 내버려 두세요. 저 혼자 있게 해 줘요."

"당신을 만나러 다시 올 테니, 그때 모든 사실을 나에게 자세히 말해 주시오. 그러나 여기서 지금은 더 이상 어떠한 말도 입밖에 내서는 안 되오."

그는 낮은 목소리로 약속하듯 말을 이었다.

"당신을 만나고 싶어 하는 이 사람의 주소를 내일 꼭 적어두시오."

판사는 마침내 자기를 유혹한 그 초록빛 눈동자의 미소를 제것으로 만들었다. 그리고 까뜨리느의 희고 청순한 육체는 물론, 그녀의 빨간 정념의 꽃들이나 갈색의 음지도 함께 소유하였다.

그녀는 기분 좋은 연인이었지만, 가끔은 너무나 깊은 꿈을 꾸는 듯해서 조각품 같다는 생각이 들기도 했다.

그녀가 죽음과 같이 고통스러운 죄악의 꿈에서 깨어났을 때, 그녀는 자기의 어깨에 얹힌 손을 잡고 입을 맞추었다.

이제 두 사람 사이에 있었던 사건의 결말이야 어찌 되었건 아무 상관 없었다. 판사는 이미 그녀의 정체를 모두 알고 있었다.

그녀의 손으로 독물을 주인 노파의 그릇에 따랐다는 것도 그는 알았다. 절대로 말해서는 안 될 죄를 범했다는 사실까지도 알고 있었다.

어느 날 판사가 연인이 된 그녀에게 마실 것을 청했다.

"안 돼요. 설대로 마시면 안 돼요."

까뜨리느가 절망적으로 말했다.

"당신은 지금도 나를 사랑하지 않는단 말이오?"

판사가 거칠게 물었다.

"당신의 사랑을 믿을 만큼 사랑하진 않아요."

"그럼 당신에게는 무엇이 필요하지?"

"망각이요…… 당신, 지금도 마시고 싶어요?"

판사는 대답하지 않았다.

"아시겠죠?"

까뜨리느가 흐느끼며 말했다.

색

판사는 자기를 유혹하는 그 초록빛 눈의 미소를 제 것으로 만들었다. 그리고 그녀의 희고 청순한 육체는 물론 빨간 정렬의 꽃들이나 갈색의 음지도 함께 소유할 수 있었다.

붉은 자주색

땅은 육체가 가는 길, 바다는 영혼이 가는 길
|히메네스|

모두 색|色:빛깔|에 관한 이야기를 나누고 있었다.

젊은 부인들은 각기 취향에 맞는 빛깔에 대해 열을 올리고 있었지만, 그 내용은 별반 다르지 않았다.

그들 중 한 여자는 장밋빛이 좋다고 했고, 또 한 여자는 파란색이 좋다고 했으며, 다른 여자는 연녹색을 자랑했으며, 네 번째 여자는 빨간색이 좋다고 힘주어 말했다.

"그럼 알랭, 당신은 어때요."

하고 '파랑 여인'이 물었다.

그러자 알랭이라고 불린 남자가 대답했다.

"아, 저 말입니까? 남자로서 말한다면 검정이나 회색 또는 적갈색이 헌신적이라는 생각이 드는군요. 여자인 당신들처럼 번쩍번쩍 현란한 느낌을 주는 깃털 같은 것은 그다지 즐기지 않습니다. 그러나 꼭 한 가지 욕심을 말한다면 잔조랑, 즉 붉은 자주색을 좋아하죠."

여인들은 모두 크게 웃었다. 그들의 무지를 숨기기라도 하려는 듯이.

"제 말이 멋지지 않습니까?"

알랭이 약간 계면쩍은 표정을 지으며 말했다.

그러나 아무도 대꾸하지 않았다. 그래서 알랭이 또 말했다.

"뭐, 제가 당신들을 놀리려는 것은 절대 아닙니다. 제 말이 멋지다고 생각되지 않습니까? 색色이란 말은 유쾌하지는 않지만 말입니다. 불그죽죽한 자주색을 한번 상상해 보십시오. 완전히 닳아서 해진 지저분한 빨간 씨실이 나타난 그 자줏빛 비로드를 생각해 보시지요."

"당신은 끝까지 우리를 놀리는군요. 그것은 신사답지 못한 태도예요."

"놀리는 게 아닙니다. 저는 그저 잔조랑이란 말을 좋아할 뿐입니다. 정말 근사하지 않습니까? 모르긴 해도 이 말에는 우리의 이름과 같은 운韻이 담겨있다는 생각이 들 정도죠. 그중에서도 꼭 당신의 이름, 즉 나의 알리느, 잔조리느라는 운이 담겨있기 때문입니다."

그리고 그는 '파랑 여자'의 자매인 처녀를 힘껏 껴안았다. 그러자 처녀는 놀라며 소리쳤다.

"싫어, 난 잔조리느란 이름이 싫단 말이야. 나는 붉은 자주색이 되고 싶지 않아!"

"너무 실망하지 말아요. 내가 이 말을 좋아하는 것은 그 낱말이 나타내는 빛깔이 좋아서만은 아닙니다. 만약 내가 사랑하는 알리느가 정말로 붉은 자주색을 좋아하는 여자였다면, 그녀를 그토록 사랑하지는 않았겠지요."

"비열한 사람!"

하고 알리느가 격정 어린 음성으로 말했다.

"그러나 그런 생각은 잠깐뿐일 거야."

알랭이 계면쩍은 표정으로 말했다.

'파랑 여인'이라 불린 여자는 고아 출신이었다. 알랭과 알리느의 어머니와 가장 절친한 친구의 딸로 아주 어렸을 때부터 이 집에 들어와서 성장했다. 그러나 식구들과는 조금도 닮지 않은 이질적인 표정을 지니고 있었다.

또 그녀의 태도는 가풍과 교양을 자랑하는 이 집안사람들과는 전혀 다른 모습이었다.

그녀는 너무 침울한 나머지 세상의 모든 불행을 짊어진 듯 그늘에 묻혀 있었다. 그러나 다른 식구들은 사소한 농담에도 깔깔거렸다.

또 그녀는 인생을 두려워하는 것 같은 느낌을 주었으나, 식구들은 늙으나 젊으나 모두 미지근한 바닷물에 잠겨 있는 듯 삶을 여유 있게 즐기며 보내는 듯했다.

반대로 폴 | 그녀의 진짜 이름 | 은 늘 정신적으로 긴장해 있는 탓에 표정은 굳어 있고, 다른 사람들과 함께 떠들고 웃다가도 자기의 처지를 의식해서 그러는지 갑자기 말을 멈추고 웃음을 거뒀다.

철학자의 직감으로 더 세심히 관찰해보면, 이러한 사람에게서는 스스로 고독에 빠지는 남다른 정열을 발견할 수 있을 것이다.

고독에 빠지기 쉬운 정열은 성격이 소심한 여인들에게서 쉽게 찾아볼 수 있다. 사제들은 일찍부터 이런 성격상의 약점을 종교적으로 이용했고, 남자들은 오히려 이런 면에 호의를 품고 사랑과 연민의 정을 보내기 마련이다.

왜냐하면 그러한 여자일수록 자존심이 강하고 본인도 그것을 자랑으로 여길 정도니까. 또 단순한 남자들의 눈에는 그러한 여인들이 더 매력적이고 자연스럽게 보였다.

그러나 이러한 여인들을 길들이기란 대단히 어렵다. 왜냐하면 그런 여자들은 의심이 많고 자기 보호에 너무 집착하여 겁을 많이 내는 편이기 때문이다.

주위 사람들은 종종 그런 성격의 여자를 심술궂다고 생각한다. 그러나 당사자들은 오히려 그런 점을 장점으로 신봉했다.

늘 자기 자신을 괴롭히는 데 익숙한 사람은 다른 사람들의 마음이 들도록 노력하는 만큼 미움을 받기도 한다.

그러나 그녀들은 항상 비밀의 동기가 있다. 누군가가 그것을 알아내면 그녀들을 지배할 수 있게 되는 것이다.

폴의 용모는 밉지 않았다. 그렇다고 아름답지도 않았다. 그녀의 얼굴 모양은 약간 살이 쪄 둥그스름한 편으로, 웃으면 생각지도 않게 화사하게 빛나는 매력을 지니고 있었다. 많은 고통을 담고 있는 듯 어둡게 그늘진 눈은 조용히 하라고 명령할 때도 말을 거는 것처럼 느껴진다.

그녀는 키는 작지만 여위진 않아 상당히 경쾌한 모습이고, 머리카락은 숱이 아주 풍부한 데다 짙은 밤색을 띠고 있어 이를 데 없이 매력적인 흑갈색과 블론드의 중간색이었다. 무엇보다도 그 머리카락 빛깔은 매우 신비하여 보는 사람이 아무것도 예측하지 못하게 하는 비밀스러운 신비를 간직하고 있어 매력이 있었다.

이들 두 처녀 알리느, 폴과 두 젊은 부인이 함께 있었는데, 알랭이 치근덕거리며 구애하는 쪽은 부인들이었다.

사실 그는 누가 마음에 드는지, 누구에게 더 호감이 가는지조차 분별하지 못하는 철부지 정부처럼, 젊은 두 부인 모두에게 마음을 둔 눈치였다.

그녀들의 머리카락 색깔은 똑같이 진한 흑갈색이었다. 그래서 그는 소름 끼칠 정도라고 말해도 상관없었다. 사실 그녀들은 한 젊은이의 무분별하고 단순한 열정을 받아주었기에, 그도 그녀들을 의심하지 않는 눈치였다. 마치 진기한 동물을 바라보듯 경이로움을 담은 시선으로 그녀들을 바라볼 뿐이다.

대개 여자들은 호들갑을 떨면서 누군가의 특별한 호의를 품은 곁눈질을 받을 때는, 누구든 번갈아 가며 표정에 어린 단순한 열정을 받아주었기 때문에, 그 역시도 그녀들을 의심하지 않은 것이다. 마치 진기한 동물을 바라보는 경이로움을 담은 시선으로 말이다.

그녀들도 누군가의 호의를 받았을 때는, 별다른 호의 없이 얼굴을 빛내며 미소 짓는 습성을 가지고 있었다.

알랭이 한 여자의 손가락 끝에 장난스럽게 입을 맞추자, 그 여자는 작은 탄성을 올리며 블라우스에 가려진 가슴이 크게 한 번 파도처럼 요동쳤다.

그와 동시에 그는 배반자처럼 어느새 다른 여인에게로 얼굴을 돌리며 젖은 입술로 목덜미를 가볍게 스쳤다. 여자는 그의 입술이 닿은 감촉으로 꽃잎의 향기를 맛보듯 몸을 떨었다.

그때 폴은 초점을 잃은 것 같은 흐린 시선으로 두 젊은 부인을 도외시하였다. 또 그녀는 자리에 가만히 앉아서 아무것도 보지 않는척하였지만, 사실은 주의 깊게 모든 것을 살피고 있었다.

사실 그녀는 마음속으로 무엇 하나 느껴보지 못하는 허전함으로 괴로웠다.

'어쩌면 나는 별 볼 일 없는 여자인지도 몰라. 그는 단 한 번밖에 나를 바라보지 않았어! 정말로 나는 못생긴 데다 이토록 어울리지 않는 옷을 입고 있으니 당연하겠지. 내가 봐도 이 옷차림은 너무 한심해! 그러나 이렇게 하는 것이 나에게 더 잘 어울리는 거야. 오히려 그의 미움을 받는 편이 더 나을지도 모르지.'

이때 알랭이 그녀를 그윽이 바라보았다.

'그래도 폴이 가장 아름답구나!'

그는 갑자기 젊은 부인이 손에 들고 있는 붉은 장미를 빼앗아 그녀의 머리 쪽으로 던졌다. 이 돌연한 알랭의 행동에 폴은 놀라며 자리에서 엉거주춤 일어나 장미꽃을 받으며 말했다.

"아, 고마워요, 붉은 자줏빛님. 당신은 나에게 좀처럼 선물하지 않는 사람인 줄 알았는데, 이렇게 장미꽃을 주다니, 소중하게 받아둘게요."

그녀는 장미를 블라우스 깃에 꽂고, 주위 사람들을 얕보는 듯한 모습을 보였다.

'그가 꽃을 던진 것은 나를 모욕하려는 행동이 틀림없다. 어떻게 하면 더욱더 미움받을 수 있을까?'

하고 그녀는 짧은 순간 생각했다.

'이대로 남아 있을까, 아니면 가버릴까?'

폴은 이미 젊은 두 부인 쪽으로 얼굴을 돌리고 있었다.

'그냥 앉아 있을까!'

그녀는 장미꽃 향기를 맡아보았다.

그때 알리느가 뾰로통하게 말했다.

"난 그만 일어서야겠어. 폴, 넌 안 갈래?"

그녀는 또 젊은 두 부인을 건네다 보았다. 알랭이 그녀들 쪽으로 몸을 돌리고 있었기 때문에 옆 모습밖에 보이지 않았다.

"아니야, 난 좀 더 있을게."

그때 알랭이 그녀 쪽으로 얼굴을 돌렸다. 그의 얼굴에는 엷은 미소가 밝게 떠올라 있었다.

"잠깐 알리느, 나도 가야겠어. 기다려 줘."

그녀는 생각했다.

'그는 여전히 나를 얕보듯 바라보고 있었어. 내가 자기를 감시하려 한다고 생각하는 모양이지. 바보 같으니라고! 정말 신뢰할 수 없는 사람이야.'

알리느는 응접실로 자리를 옮겼다. 이어 폴은 느린 걸음으로 자기 방 쪽으로 걸어갔다.

폴은 자기 방으로 돌아와, 파란 크리스털 병에 물을 붓고 장미꽃을 꽂기 전에 그 향기를 맡고는 오래도록 바라보다가 갑자기 거칠게 자기 입술에 갖다 대었다.

"그래, 난 바보야! 나 자신이 부끄러워서 못 견디겠어. 이따위 꽃이 나에게 뭘 할 수 있다는 거지? 바보 같으니라고! 아무것도 할 수 없어."

그리고 그녀는 장미꽃을 정열적인 눈빛으로 바라보다가 난폭하게 주물러서 양탄자 위에 흐트러뜨리고는 분노에 사로잡혀 붉은 꽃잎들을 마구 밟아댔다.

그러다가 마음을 진정하며 그에게서 받은 첫 선물이었음을 깨닫고 기뻐했다. 그녀는 짓뭉개진 장미꽃 부스러기를 정성껏 난로 쪽으로 쓸어모았다.

그러나 이러한 조심스러운 태도에서 돌변하여 급격한 감정의 변화를 동반한 발작이 그녀를 지배했다. 굳어진 한 손에는 작은 빗자루를 들고, 또 한 손은 벽난로의 대리석 상단을 잡고는 우스꽝스럽고도 비관적인 공허한 웃음을 터뜨렸다.

얼마 후 그녀는 본래의 모습을 되찾고 까닭 모르게 흐르는 눈물을 닦았다. 그리고 이유를 따지지 않고 『빈자의 보물』이라는 책을 세 페이지쯤 읽고 나서 가만가만 차분하게 계단을 따라 내려갔다.

이미 거실은 모두 다 돌아갔는지 텅 비어 있었다. 그녀는 늘 그랬던 것처럼 알리느와 함께 홍차를 마셨다.

그동안 알랭은 자기 방에서 청소년들이나 즐기는 놀이를 계속하고 있었다.

알랭의 나이는 열여덟 살로 어줍고 무분별할 만큼 약간 건방져 보였다. 그래도 그는 아주 천진난만한 청년이었다.

그는 이미 두 하녀와 옆 마을에 사는 꽃 파는 아가씨를 정복했을 뿐인데, 자신은 그 방면에서는 대단히 능숙하다고 여겼다.

그는 자기를 따르는 여자들의 사랑을 받는 기쁨과 슬픔으로 멍하니 있기를 즐기듯 번갈아 바라보았다. 또 그럴 때마다 상황에 맞는 재치 있는 말을 던지곤 했다.

그리하여 그는 자신이 거만한 게 아니라, 오히려 가정환경이 좋고 유머가 있고 사교적이기 때문이라고 믿었다.

그는 키가 매우 크고 늘씬한 데다, 수염은 기르지 않고, 머리카락은 짧게 깎아 귀공자다운 풍모가 있는 젊은이였다.

그의 머릿속은 항상 두 가지 색조로 가득 차 있었는데, 장밋빛과 적갈색이 겹친 짙은 장밋빛 부분에 파란 큰 꽃 두 송이를 피워올리는 환상이었다.

그는 특이하고 매력적인 젊은이였다. 젊은 부인들 역시 빛나는 희귀한 보석을 탐내듯, 그를 소유하고 싶어 했다. 그러나 그는 자기 일에 너무 골몰해 있어서, 부인들의 숨은 욕망 따위는 제대로 알지 못했다.

그래서 그의 어머니나 누이의 친구들은 그를 마치 난공불락의 거대한 요새처럼 보았다.

한편, 지금 그를 상대하는 젊은 부인들은 젊은이의 약점을 너무 잘 안다는 듯 공략하기 쉽다고 생각했다. 부인들이 그러는 데에는 특별한 이유가 있었다.

어느 날 젊은 두 부인과 또 만났을 때, 그는 그녀들에게 대단히 무례하게 더듬거리며 말했다.

"난 두 사람 모두 다 좋아해요. 똑같이 말이죠."

"쓸데없는 소리 말아요. 우리를 사랑하지 않아도 괜찮아요. 우리에게는 남편이 있으니까."

젊은 부인 하나가 다소 격앙된 음성으로 말했다.

"그래서 남편을 진심으로 사랑하나요?"

"그야 물론이죠."

하고 그녀가 말했다.

"만약 부인께서 진정으로 남편을 사랑했다면, 결코 그들은 사냥을 가지 않았을 겁니다. 지금의 나처럼 당신들 곁에 있었겠죠. 그러나 그들이 떠난 것은, 당신들 곁에 있으면 발이 시리도록 사랑의 공허를 느꼈기 때문이었을 겁니다."

그리고 그는 장난스럽게 자기의 슬리퍼를 들어 보였다.

이에 젊은 부인은 실소를 머금은 표정으로 청년을 무시하듯 말했다.

"무슨 일이든 다 때가 있는 법이에요."

그러나 그녀는 한편으로 다른 생각을 하고 있었다.

'어떻게 하면 좋을까! 지금 저 청년은 나를 위해 머물러 있는 거야. 내가 좋은 모양이지.'

'나를 더 좋아하는 것 같아. 내 쪽에 더 많이 시선을 주거든…….'

나이가 조금 더 들어 보이는 부인이 자신 있다는 표정을 짓고 있었다.

그는 두 여자가 지금 마음속에 간직하고 있는 생각을 다 안다는 듯 거만한 표정을 지으며 대담하게 말했다.

"두 분이 똑같이 사랑할 수 있는 상대란 남편이 아니라, 오히려 애인이 아닌가요?"

두 부인은 서로 얼굴을 마주 보았다.

'그의 말이 옳을지도 몰라. 그럼 어디 한 번 시험해 볼까!' 하고 나이 든 부인은 재빨리 계산해 보았다.

'그의 말이 맞아. 나를 사랑하는 게 틀림없어.'

이미 사랑을 경험해 본 젊은 부인은 자신 있는 표정을 지었다.

그녀들은 눈을 지그시 내리감고 자기 나름의 생각에 빠졌다.

그때 짧은 침묵을 깨며 알랭의 달콤한 음성이 들려왔다.

"부인님들…… 저의 마음을 당신들의 발밑에 아낌없이 던지겠습니다."

그러자 그녀들이 동시에 웃어댔다.

"지금 뭐라고 한 거죠!"

"정말 못 말릴 아저씨로군."

"아아, 만약 내가 두 분의 귀에다가 동시에 똑같은 말을 할 수 있다면 얼마나 좋을까요."

"그런 시시한 소리 말아요."

"정말 쓸데없는 소리를 하는군요."

"그럼 한 분씩 차례로 말씀드리면 어떨까요? 제비를 뽑도록 하시죠."

이 말에 그녀들은 더 큰 소리로 웃었다.

"한 분에게 한마디씩 말할게요. 그리고 질문을 드려도 괜찮죠. 저에게 꼭 대답해 주셔야 합니다."

"아니야, 난 아무것도 듣고 싶지 않아."

"그러나 두 분께 똑같은 말은 하지 않을 거예요. 질문 역시 마찬가지입니다."

"그럼 한 가지 부탁하겠는데, 듣고도 견딜 만한 것 외에는 절대로 물어서는 안 돼요."

"대답할 수 있는 질문만 하겠지?"

"그야 물론이죠."

"그럼 제비를 뽑는 게 좋은 방법일 것 같군. 정말 심술궂은 사람이야."

"난 누가 먼저 하든 상관없어요."

"그럼 좋습니다. 부인, 당신부터 시작하도록 하죠. 제 곁으로 좀 더 가까이 오세요. 고맙습니다.

—부인, 나는 당신을 매우 좋아합니다.

—당신은 아름다운 마법의 장난꾸러기예요.

이번엔 부인 차례입니다.

—나는 당신을 진심으로 좋아합니다. 부인도 저를 좋아하십니까?

—당신은 사랑을 꽃피우는 바람이에요.

저는 부인들께 약속을 지킨 셈입니다. 두 분께서 기꺼이 승낙하고 제 말을 들어주셨으므로 차를 대접해 드릴까 합니다."

그녀들은 제각기 나름의 생각에 잠긴 채 청년의 뒤를 따라 발걸음을 옮겼고, 알랭은 속으로 자문자답하며 걸었다.

'누구부터 시작할까. 그리고 어떻게 끝장내면 좋을까!'

폴이 잠에서 깨어 일어나자 회색빛 하늘이 밝아오기 시작했다. 지난밤 그녀는 거의 잠을 이루지 못했다.

그녀는 화장도 하지 않고 방을 나와서는 모두가 속옷 보관하는 곳이라고 부르는 큰방으로 갔다.

그곳에는 집안의 세탁물 이외에도 입지 않는 옷과 모자, 유행이 지난 리본 등 여러 종류의 잡동사니들과 함께 몇 대에 걸쳐 입었던 여인네들의 낡은 옷가지들이 여기저기 걸려 있었다.

유제니 황후 시절에 유행했던 비단벌레 같은 금녹색 비단 천도 퇴색한 채로 걸려 있었고, 색비름 같은 아롱무늬 비로드와 등자색을 띤 붉은빛 새틴satin도 있었다.

'아, 바로 이거야, 내가 찾던 게!'

그것은 리본 다발이었다. 그 슬픔을 머금은 듯한 색조는 잔조랑이 간직한 붉은 빛이 강한 자주색과 거의 흡사했다.

"너무 더럽군."

그녀는 입고 있는 파란 블라우스와 희고 가냘픈 목과 밤색 머리에다 자주색 리본으로 꽃 모양 매듭을 만들었다.

"꼭 원시림에 사는 여자 같군."

하고 그녀는 거울 속에 비친 얼굴을 보면서 중얼거렸다.

"어쩌면 그는 나를 경멸할지도 모르지. 아니야, 화가 나 있을 거야. 그가 더 이상 싫증을 내지 않게 하려면 어떻게 해야 좋을까?"

그녀는 이슬에 젖어 은빛 구슬처럼 빛나는 정원으로 내려섰다. 티티새가 단조로운 울음소리를 몇 번씩 거듭 내며 정적을 깨뜨렸다.

그리고 태양은 긴 그림자를 만들고, 영롱한 아침 이슬은 나뭇잎과 어린 풀잎을 비로드 빛으로 물들였다. 그녀는 정원 깊숙한 한구석에 흡사 아름다운 눈동자처럼 핀 작은 메꽃을 보았다.

그녀는 물기 머금은 사과 하나를 따서는 얼음을 갉아먹듯 조금씩 베어 물었다. 폴은 아침나절의 노루라도 된 양 기쁨을 맛보며 더 이상 아무 생각도 하지 않았다.

그때 그녀는 라일락이 서 있는 모퉁이에 있는 뭔가를 보았다. 알랭이 작은 녹색 벤치에 앉아 놀란 얼굴로 그녀를 쳐다보고 있었다.

이 사이좋은 적을 보자, 그녀의 마음에는 묻혀 있던 분노가 순식간에 타올랐다.

"왜 거기 앉아 있죠. 당신은 나 같은 것은 조금도 생각지 않죠?"

"그래, 그건 사실이야. 사랑스러운 폴, 지금 나는 나만 생각하고 있었어."

"당신은 매일 이 시간에 여기 있었나요?"

"그래요, 매일은 아니지만."

"그런데 오늘은 왜?"

폴은 햇빛을 담뿍 받으며 붉은 자주색 서광같이 밝게 빛났다.

"그런데 폴, 그걸 어디서 찾았지?"

"뭐 말이에요?"

"그 무서운 리본 말이야."

"무섭다고요? 뭐가 무섭다는 거죠."

"모두 다 나와 깊은 관계가 있는 것이지. 우연인지는 모르겠지만 말이야."

"그럼 저와도 관계있다는 말인가요?"

"글쎄! 네가 나에게 미움받고 싶었다면 잘한 일이야. 정말로 난 네가 무슨 일에나 무관심한 줄 알았어. 진심으로 말하건대, 내게는 네 마음을 움직이게 할만한 게 아무것도 없다고 늘 생각하며 지내왔거든. 그런데 넌 나를 만나려고 이렇게 이른 아침 다섯 시에 일어나다니……."

"그러면 당신은?"

“나? 나는 누군가를 사랑하고 있기 때문이지.”

“난 아니겠죠.”

“그럴까! 그렇지만, 너는 늘 여자 집시처럼 스스로 변장하고 있었지. 이봐 폴, 어서 내 옆에 앉아봐요. 지금 네가 달고 있는 리본은 붉은 자줏빛이잖아. 아주 멋진 사랑의 표시야. 그러므로 너는 너 자신에 대해서 생각하는 것만큼 솜씨가 서투르지 않다는 걸 잘 알고 있어. 나도 네가 생각하는 만큼 답답하진 않아. 내 말을 알아들어?”

“그래서 무슨 말을 하려는 거죠?”

그녀는 애써 당혹함을 감추며 나직이 물었다.

“나도 너와 똑같은 생각을 하고 있었냐고 말하고 싶어. 이건 진심이야. 정말 믿어 줘. 때로는 농담도 하고 싶었지만, 말이 나오지 않았단 말이야. 그런데 폴, 오늘 아침 우리 두 사람은 날이 밝자마자 일어나 동시에 이곳으로 왜 왔을까? 넌 알고 있니? 자, 폴. 네 손을 잡게 해줘.”

그녀는 그의 손이 요구하는 대로 응했고, 알랭의 팔이 그녀의 허리를 감아도 가만있었다.

또 그녀는 그가 몸을 자기의 가슴에까지 밀착시켜도 아무런 저항을 보이지 않았다. 다만 정원의 나무들과 꽃들이, 그리고 하늘과 대지가 모두 한 덩어리가 되어 빙빙 돌아가는 아스라함을 느낄 뿐이었다.

그녀는 두 눈을 감은 얼굴을 조용히 그의 얼굴 가까이에 가져갔다.

“이봐, 폴. 알고 있어?”

하고 알랭이 이어서 말했다.

"사실 우리는 서로를 찾고 있었던 거야. 이제야 우리는 서로를 찾아낸 거야. 알겠어?"

이 순간 이후부터 그녀는 알랭의 다정한 연인이 되었다.

방학 때는 물론 그가 잠시 휴학하고 집에 돌아오면 그들의 사랑은 계속 이어졌다.

그러던 어느 날, 알랭은 그녀에게 말했다.

"우리는 꼭 결혼해야 해. 그런데 어떡하면 좋지? 아직 미성년이라서 결혼할 수 없잖아. 조금만 더 기다려 줘."

"지금 그런 얘기는 하지 말아요."

폴이 대답했다.

"난 언제까지나 당신의 것이에요. 당신 좋을 대로 하세요."

그녀는 이렇게 자기의 행복과 고뇌에 찬 사랑을 연결 짓고 있었다.

그 후 그녀는 오랜 세월 동안 참 행복한 시간을 간직하였다.

분홍색

그 소녀의 하얀 팔이 내 지평선의 모두였다
|지코보|

그는 철없는 소년이었다. 물론 어린이들이 즐겨 입는 옷을 입은 것은 아니었다. 그렇다고 어른의 옷을 입고 있지도 않았다.

그의 얼굴은 늘 소년 특유의 윤기로 반들반들 빛났고 머리카락은 약간 위로 말려 있었다.

소년은 같은 또래의 동네 친구들과 어울려 구슬치기도 했고, 누구나 한 번쯤은 그런 것처럼 곧잘 소녀들을 못살게 굴었다.

그러나 크리스틴만은 놀림의 대상에서 빼놓았다. 왜냐하면 크리스틴은 그보다 열 살이나 위였고, 거의 어머니 또래였으나 젊고 남편이 없는 여자처럼 보였기 때문이다.

소년은 혼자 마음속으로 그녀를 사모하고 있었다.

아름답고 마음씨 고운 그녀는 웃음으로 친절하게 소년을 대했고, 심한 장난을 하여 옷이 흙먼지로 더럽혀져 있는 것을 보면 곧장 달려와 옷매무새를 고쳐 주곤 했다.

이럴 때마다 소년은 친밀함을 느끼며 서로를 아끼고 살아야 한다는 것을 어렴풋이나마 느꼈다. 이러한 그녀의 상냥함과 친절이 약간 거친 소년의 마음을 누그러뜨렸는지 모른다.

크리스틴의 친구들은 이미 결혼하여 이 마을 여기저기에 흩어져서 살고 있었다.

그녀 역시 남편감을 만나야겠다는 희망을 품고 상대를 찾아다니는 눈치였다. 그러나 그녀에게는 지참금이 없었기 때문에 결혼하기 힘든 처지였다.

그녀는 가끔 소년의 집을 찾아와 함께 몇 시간을 보내기도 했다. 두 사람의 집은 서로 이웃해 있었다. 소년의 아버지는 판화를 수집하고 있어서, 자주 부유한 판화 애호가들을 맞아들여 자신이 소장 전시해 놓은 살롱을 구경시켜 주는 것을 낙으로 삼고 있었다. 그러니 자연 찾아오는 사람이 많았다.

"나도 할 수 있는 일이야."

이 말은 그녀가 늘 입버릇처럼 하는 습관으로, 장래 그와 같은 일을 할 것이라고 굳게 믿은 나머지 자기 자신을 과대평가하고 있었다. 그때 크리스틴의 나이는 스물다섯이었다.

해마다 여름이면 크리스틴의 친구들은 브르타뉴 해변으로 피서를 떠나곤 했는데, 가장 넓은 집을 찾아낸 사람이 그녀를 맞아주었다. 마침 소년의 가족들도 그곳에서 여름휴가를 보내기로 했다.

마침 크리스틴을 초청해 준 사람의 부모가 노쇠하여 병에 걸려 몸을 제대로 움직이지 못했다. 그러니 그 집은 어린이와 소년들의 떠들썩한 놀이터가 되었다.

소년은 그곳에서 여름을 보내며, 바다에서도 육지에서도 살 수 있는 양서류와 같은 생활을 즐겼다. 그의 본능이 어느 편을 따를지는 자기 자신도 알 수 없었다.

바닷물이 만조가 되었을 때, 하얀 모래밭 저쪽에 조약돌로 성채 쌓는 일을 가장 즐거운 일과로 삼았다. 그러나 그것도 잠시뿐 놀이에 싫증이 나면 집안에서 바느질하는 부인들이나 자수를 놓는 크리스틴 곁에서 책 읽는 일로 소일하기도 했다.

소년은 이 두 가지를 다 하면서도 무료한 시간이 두려웠던지, 바닷가 모래밭에서 벌거숭이로 뛰어노는 어린아이들에게로 달려가 그들과 어울려서는 흰 포말이 이는 물결을 밟으며 지치도록 돌아다녔다.

이러한 해변에서 생활한 지 며칠이 지난 어느 날, 판화 애호가인 소년의 아버지는 이상한 편지를 한 통 받았다.

삼가 글월을 드립니다.

지난주 목요일 선생의 집을 방문하였으나 이미 여행을 떠나신 후였습니다. 그래서 선생을 만나지 못했으므로, 오래전부터 생각해오던 계획은 모두 수포가 되었습니다. 그로 인하여 받은 실망감은 더 이상 견딜 수 없는 지경이 되었습니다. 제 심정은 선생이 돌아올 때까지 기다리지 못할 만치 조급해졌습니다.

간절히 바라는 것은 선생께서 넓은 아량을 베풀어, 이 염치 없는 사람으로부터 멀리 도피하고 계신 해변에 찾아가 감히 뵙고 얼마간 신세를 질 수 있게 해주시는 것입니다. 그렇게만 해주신다면 소원을 이룬 것이나 다름없겠습니다.

그리고 편지의 맨 끝줄에 '듀랑 학사원 회원'이라는 서명이 있었다.

이 편지를 보낸 사람은 두서너 번 만난 적이 있는 방문객이었다. 판화 애호가의 머리에 떠오르는 이 사람에 대한 인상은 이러했다. 그가 그를 마지막으로 보았을 당시의 기억으로는, 그가 약간 멍청하게 굴었다는 정도였다.

그가 판화 애호가를 방문했던 때가 떠올랐다.

그는 크리스틴과 계속 함께 있으면서 그녀에게 지나칠 만큼 호의를 표하며 인사를 나누고, 잠시도 떨어지지 않으려 하고, 다정하게 말을 건네고, 그녀에게 귀한 판화 한 장을 넘겨주었다.

그로 미루어 보면, 해변까지 찾아오겠다는 그의 열정은, 크리스틴이 이미 남편을 얻은 것이나 다를 바 없게 되는 것이다.

며칠 후 그 편지를 쓴 누랑 씨가 거짓말처럼 나타나 해변 호텔에 여장을 풀었다. 그리고는 휴가가 끝날 때까지 이곳에 있겠다고 선언하였다.

젊은 여인들의 쓸데없는 입방아에도 불구하고, 누랑은 진지하게 크리스틴과 어울렸다. 그런 그의 태도를 보고는 아무도 그녀와의 관계를 더 이상 의심하지 않았다.

그래서 소년은 누랑이 방문한 첫날부터 그에 대한 적대감을 노골적으로 드러내며 멀리했다.

마침내 소년의 질투심에 불이 붙었다.

'저 남자는 판화 애호가가 아니야. 크리스틴 애호가야.'

이런 돌연하고 격한 감정에 몰입한 나머지 알 수 없는 분노로 혼자 애태우다 어머니에게 그 이야기를 털어놓았다. 어머니는 그때 소년의 철없는 생각이 우스웠지만, 그를 엄하게 꾸짖었다.

그 후부터는 그를 아는 사람들은 누랑 씨를 크리스틴 애호가라고 불렀고, 소년에게서 받은 그 호칭이 평생 그의 머리에 남은 것이다.

그러나 그는 크리스틴과의 결혼에 대해 자기의 의사를 말한 것은 딱 한 번뿐이었다.

휴가가 거의 끝나갈 무렵, 모두 미리 의논이나 한 듯이 돌아갈 채비를 하고 있을 때, 누랑은 소년의 아버지를 한적한 곳으로 불러내어 말했다.

"저도 돌아가야겠지요. 이미 제 결심은 섰습니다. 전 기필코 '크리스틴의 애호가'가 되겠습니다."

"그럼 당신도 이미 알고 계신단 말입니까?"

"물론 알고 있었지요. 모든 분이 저를 이해하는 증거이지요."

"그럼 그녀는?"

"저는 끝내 물어볼 용기가 나지 않았습니다."

이 말에 동정심 많은 판화 애호가는 크리스틴의 손을 누랑 씨의 손에 쥐여줄 것을 굳게 약속했다. 그때 크리스틴은 놀란 눈을 하고 그를 바라보았다.

용기를 얻은 누랑 씨는 얼굴을 붉히며 순진하고 사랑스러운 여자의 손에 입을 맞추었다.

크리스틴도 이 남자가 진심으로 자기를 사랑하며 두 사람이 함께하는 공동의 삶을 통해 행복하기를 바라고 있다는 것을 이해할 수 있었다. 이러한 생각만으로도 그녀는 이미 행복해졌다.

그러나 크리스틴은 친구들의 축사와 축하 키스를 완강히 거절했다. 그리고는 자신이 묵던 방으로 돌아가 홀로 창가에 앉아 저

물어가는 바다를 하염없이 바라보며 사랑이 가져다주는 생명의 무한함을 새삼 기쁘게 느꼈다.

그녀가 얼마 동안 자기만의 깊은 몽상에 잠겨 있을 때, 어디선가 불분명한 소리가 들려왔다. 그녀는 방안을 살피며 귀를 기울였다. 분명 누군가가 훌쩍훌쩍 우는 소리 같았다.

그녀는 일어나서 울음소리가 나는 곳으로 가보았다. 소년이 침대 곁에 무릎을 꿇고 앉아 커튼 뒤에 몸을 반쯤 숨기고 시트에 머리를 묻고는 울음을 삼키고 있었다.

크리스틴이 다가가서 소년의 작은 어깨를 잡아 일으켜 자기 쪽으로 끌어당겼다.

"대체 무슨 일이지, 귀여운 아이야."

"크리스틴! ……."

"글쎄, 왜 그래?"

"아! 크리스틴!"

"알았어. 내 옆에 앉아. 그리고 무슨 일인지 나에게 말해줘."

그녀는 소년의 깊은 슬픔에 감동하며 침대에 쓰러졌다.

소년이 곁으로 다가와 머리를 그녀의 어깨에 얹었을 때, 여자는 다정하게 물었다.

"꿈중 들었니?"

"아니."

"그럼 괴롭니?"

"그래요."

"뭐가 그렇게 괴로워?"

"그건 나도 몰라요."

"좋아."

하고 그녀는 무뚝뚝하게 말을 이었다.

"그럼, 잘 생각해 본 다음 이야기해 보려무나."

"아, 크리스틴. 당신은 지금 나를 꾸짖고 있군요. 난 이렇게 당신을 좋아하는데 말이에요."

크리스틴은 비로소 소년의 마음을 알았다. 그러나 갑자기 소년이 무섭다는 생각이 들었다.

그러나 한편으로는 그의 천진스러운 말에 감동하여 쌀쌀했던 자신의 태도에 대한 속죄라도 하려는 듯 소년을 가슴에 힘껏 껴안아 주었다.

"크리스틴, 그럼 그 사람이 당신을 데리고 영영 가버리는 거야?"

"그건 말도 안 돼. 나는 너와 함께 있을 거야. 이렇게 너하고 말이다."

"거짓말!"

"정말이야. 내 말 믿어도 돼. 난 언제든 너를 만나러 올 거야. 정말 난 네가 좋단다."

"나도 당신이 좋아요."

때 묻지 않고 호기심 많은 작은 손이 크리스틴을 죄어대며 그녀의 육체의 소중한 한 부분을 어루만졌다.

그녀는 자기를 올려다보며 뭔가를 끊임없이 갈망하는 소년의 생기 잃은 검은 눈을 가슴 설레며 지켜보았다. 또 그녀는 젊디젊은 작은 꽃잎 같은 입술을 보았다.

그리고 그 활기찬 입술이 자기 입술 쪽으로 올라와 닿는 것을

ㄴ꼈다.

그들 두 사람은 이렇게 오래도록 있다가 마침내 약속이나 한 듯이 침대에 나란히 한 몸이 되어 동시에 누웠다.

소년은 눈을 뜨고 본능적으로 크리스틴 위로 몸을 던졌다. 그녀 역시 아무런 거부감을 보이지 않았다.

이에 용기를 얻은 소년은 그녀의 블라우스 단추를 풀었다. 그리고는 곧 드러난 부드러운 육체를 쓰다듬으며 손을 어깨 밑으로 집어넣었다.

이에 크리스틴은 깜짝 놀라며 일어나 앞가슴을 여미면서 이미 단추가 풀린 것을 보고는 갑자기 활기차게 말했다.

"좋아. 그럼 내 가슴을 힘껏 안아줘. 그래그래 거기야. 네 첫사랑의 키스를 해 줘."

그러자 소년은 기다렸다는 듯 두 손 가득 크리스틴의 봉긋한 가슴을 어루만지며 개화 직전의 그 뾰족한 연분홍색 봉우리에 입술을 가져가 행복을 맛보았다.

이때 그녀는 씹히는 것 같은 괴상한 소리를 몇 번인가 지르고는 일어나 화장을 고치며 말했다.

"정말 나는 좋았어. 다정한 꼬마야. 나는 항상 너를 좋아할 거야. 너도 내 가슴의 향기를 잊지 말아 줘. 약속할 수 있지?"

진홍색

사막에 자라는 꽃송이처럼 내 생명의 광야에 사는 너
|베케르|

* 등장인물
- **시드원**—끌루띠르뜨의 연인
- **끌루띠르뜨**—시드원이 사랑하는 여자
- **마르셀**—끌루띠르뜨의 친구

제1장
시드원, 끌루띠르뜨 무대 등장

끌루띠르뜨 : 애인이라고 하셨나요? 좋아요. 하지만 전 자유를
더 사랑하죠. 애인이라고 분명히 말씀하셨죠. 그것은
의심과 질투와 고통을 줄 뿐입니다. 애인이란 말씀이
죠. 좋아요. 사랑의 거울을 통해 마음 내키는 대로 인
생을 오갈 수 있는 편이 더 좋겠지요. 애인이라고 말
씀하시는 건가요? 글쎄, 무슨 말이 더 필요하죠?
　당신은 어제 '평화의 거리' 모퉁이에서 무엇을 하고
있었느냐고 물으시는군요. 전 무작정 기다렸답니다.

무엇을 기다렸느냐고요? 마차를 기다렸죠. 그러나 그는 내 말을 믿지 못하겠다는 눈치였습니다. 그의 표정을 보면 알 수 있으니까요. 좀 이상하다고 말이에요. 애인이라고요? 좋아요. 전 제 주인 한 사람만으로도 충분해요.

제 남편은 수위였는데, 사람 좋기로 소문이 났을 정도죠. 늘 겁내는 것은 저에 대한 추문이지요. 제가 비교적 좋은 가문 태생이라는 것을 알고 있어서 약간 거리를 두고 나를 감시하고 있을 뿐입니다. 그리고 남편은 자존심이 유난히 강하기 때문에 제가 주제넘은 이야기를 하고 있다는 것을 알면서도 자기의 눈을 의심할 따름입니다. 그래도 애인에 대해 말하라고 하시는군요.

시드원 : 당신 남편의 태도가 올바른 거요. 자기 아내를 의심한다는 것은 결국 자기 자신을 모독하는 것이나 다름 없습니다. 그러므로 친절하고 현명한 남자라면 자기의 아내를 모욕하진 않습니다.

끌루띠르뜨 : 가령 말이에요, 자기 아내가 매사에 정직하다면, 그것으로 그만 아닐까요? 그렇지 않다면 의심하는 것은 당연하죠. 결백이 밝혀지기 전에라도 말이에요.

시드원 : 의심이란 결코 정정당당한 태도가 아닙니다.

끌루띠르뜨 : 그런 바보 같은 말은 하지 말아요. 의심이란 정당한 수단이 될 수도 있어요. 의심하든 안 하든 그것은 사람에 따라 다르지 않을까요. 내 남편이 나를 의

심한 적이 있었는지 없었는지 모르겠더군요. 왜냐하면 그 사람은 얼굴에 그런 의심의 그림자를 드러내지 않으니 말이에요. 그러나 당신은 저와 같이, 아니 전혀 표정에 씌어 있지 않아도, 요컨대 당신은 저를 한 번 보고는 이미 애인이 있다는 것을 알잖아요. 물론 당신은 그의 친구였을 뿐만 아니라, 우리 두 사람의 이야기를 듣는 역할을 했죠. 지금은 당신의 그럴 듯한 말에 유혹된 것은 저지만 말이에요.

시드원 : 크게 오해하고 계시는군요. 서로를 사랑한다고 믿으면서 상대를 의심하는 것은 비겁한 행위입니다. 덧붙여 말하면, 그것은 최하급의 인격이지요. 인생이란 신뢰하는 행위를 말하고, 배반하는 것은 타락을 의미합니다. 어떻게 사랑하는 연인을 타락하게 만들겠습니까.

끌루띠르뜨 : 오히려 사랑하는 사람들 사이에 의심이 더 많다는 사실을 모르시는군요. 그것이 두 사람의 관계를 초조하게 만든다면, 어떻게 이해하시겠어요? 당신의 친구이자 제 남편이 저를 3년이나 고통 속에서 세월을 보내게 했습니다. 이것으로 사랑하지 않는 여자에게 충분한 대가를 치른 셈이지요. 때로는 그가 저에게 끼친 슬픔만큼 기쁨을 준 것도 사실입니다. 만일 다른 여자가 제 남편 곁에 있었다면, 그와 함께 행복을 누렸을 것입니다. 그러나 저는 그렇지 못했어요. 왜냐하면 육체를 통한 반복되는 경험에만 만족할 수

는 없었으니까요. 하지만 기분에 따라 나 역시 쾌감을 전혀 느끼지 않은 것은 아니었어요. 아! 이것만은 사실입니다. 정말 전 변덕스러운 여자인가 봐요? 지금도 그 쾌감의 싹을 찾고 있어요. 그리고 그 쾌감이란 식물이 제 육체의 어느 부분에서 싹튼다면, 난 하느님을 축복하고 승리의 여신에게 9일간 기도드리겠어요. 아! 저는 벌써 몇 해나 그런 감정을 전혀 느끼지 못했어요. 저의 메마른 육체는 무슨 일에나 누구에게도 감정의 동요를 느끼지 못해요. 소리가 나지 않는 피리와 같죠. 이제 이런 저의 속마음을 이해하시겠어요. 그러나 더 이상 이야기하지 않겠어요. 이미 마음 같은 건 당신에게 모두 넘겨주었으니까요.

시드원 : 정말 당신은 매력적이고 사랑스러운 고집쟁이군요. 그래서 당신을 사랑하는 건 아닙니다. 저는 당신을 무조건 사랑하죠.

끌루띠르뜨 : 그 말은 싫증이 나도록 너무 많이 들었어요. 저를 진심으로 사랑하면 돼요. 누가 방해하나요?

시드원 : 그렇지만 사랑하기 위해선 두 사람이 함께 있어야 하지 않겠습니까.

끌루띠르뜨 : 무엇보다 서로 끌리는 훌륭한 점이 있어야 하지 않을까요? 저는 말이에요, 당신 친구이자 제 남편이 날 사랑하기 전에 이미 반년이나 그를 사모했다는 사실을 말씀드리고 싶군요.

시드원 : 그럼 내 장점을 말해 볼까요. 그것이 장점이 될 수

있다면 훨씬 더 큰 의미가 있다고 말씀드리고 싶군요. 당신도 분명 기억할 겁니다. 1년 전부터 당신에게 날마다 구애했다는 사실 말입니다.

끌루띠르뜨 : 만약 당신이 진심으로 저를 사랑하셨다면 실제로 장점도 그 두 배가 되었을 겁니다.

시드원 : 뭐라고 말씀하셨습니까. 그럼 당신은 저의 성실성을 조금도 믿지 않는다는 말씀입니까?

끌루띠르뜨 : 사랑하는 사람들이 믿을 수 있는 것은 성실성 이외엔 아무것도 없죠. 누구도 신용하지 못하죠. 그래서 저는 당신을 사랑하지 않는 거랍니다.

시드원 : 제가 바로 눈앞에 있는 데도 말씀입니까?

끌루띠르뜨 : 왜 그러시죠? 새파랗게 질리는 것은 무엇 때문인가요?

시드원 : 제가 받은 타격이 좀 커서 그렇습니다. 그럼 안녕!

끌루띠르뜨 : 시드원, 이렇게 나쁜 인상을 지닌 채 떠나면 안 돼요, 제발……

시드원 : 아! …… 당신의 눈빛에 이젠 심술궂은 빛이 보이지 않는군. 고마워요. 그럼 내가 당신 곁에 좀 더 있어도 괜찮겠소?

끌루띠르뜨 : 좋아요, 하지만 곁에 앉지는 말아요.

시드원 : 원한다면 이대로 서 있겠소.

끌루띠르뜨 : 서 있어도 안 돼요. 여기 꿇어앉아요.

시드원 : 명령에 따르겠소. 당신을 너무 사랑해서 오히려 미안하오.

끌루띠르뜨 : 그럼 용서하겠어요. 여기 키스해도 좋은 저의 손이 당신을 기다리는군요. 그러면 완벽하죠, 그렇지 않아요?

시드원 : 정말 기쁜 일이오. 당신 앞에 무릎을 꿇을 수 있다니 말이오.

끌루띠르뜨 : 이건 너무 시시해요. 맹목적인 사랑에 빠진 사내의 모습이 너무 가엾어 보여요. 그러나 감동적이긴 하네요.

시드원 : 지금 당신은 눈물을 흘리는 게 아니오? 아아! 당신은 분명 나를 사랑하는 거야. 그렇지, 끌루띠르뜨!

끌루띠르뜨 : 맞아요. 당신을 사랑해요.

제2장
끌루띠르뜨, 마르셀 등장

마르셀 : 정말 재미있어지는데……. 지금 몇 시야?

끌루띠르뜨 : 10시야.

마르셀 : 아직 10분가량 남았어. 준비는 모두 다 되었겠지?

끌루띠르뜨 : 걱정하지 마. 그렇게 하고 있으니, 너는 정말 근사하구나. 이것이 진짜라면, 난 너 때문에 미쳐버릴 거야.

마르셀 : 이봐. 나도 똑같이 말하고픈 심정이야. 내가 남자 옷으로 변장했을 때부터 이루 말할 수 없는 너의 매력

에 끌려 가슴마저 두근거린단 말씀이야.

끌루띠르뜨 : 그럼 잘 됐어. 너, 멋지게 맡은 역할을 해야 해.

마르셀 : 기막히게 말이지.

끌루띠르뜨 : 안 돼, 신중하게 처신해야 해! 벨이 울릴 때까지 기다렸다가 행동해야 해.

마르셀 : 지금 이런 마음으로는 기다리기가 정말 힘들어.

끌루띠르뜨 : 아니, 벌써 그래선 안 돼. 실수할까 봐 위태로워 볼 수가 없구나!

마르셀 : 어쩌면 좋지! 사실은 나 조금은 불안해.

끌루띠르뜨 : 제발 내 말 명심해. 신중하게 행동하란 말이야. 어머, 너 지금 서 소리 들었시?

마르셀 : 들었어. 지금 것은 두 번째 벨 소리였어.

끌루띠르뜨 : 내가 명령해 두었어. 그는 세 번째 벨을 누르고 들어올 거야. 나도 걱정돼.

마르셀 : 하지만, 난 한편으로는 아주 재미있다는 생각이 들어. 왜지?

끌루띠르뜨 : 마르셀! 난 왜 이렇게 떨릴까?

제3장
클루띠르뜨, 마르셀, 시드원 등장

마르셀 : 난 당신이 좋아요. 당신을 사랑해요.

끌루띠르뜨 : 저어, 당신. 이봐요, 마르셀!

마르셀 : 난 당신을 사랑해요. 영원히…….

시드윈 : 이런 일이 정녕 있을 수 있단 말인가?

끌루띠르뜨 : 마르셀, 얼굴을 꼭꼭 감춰야 해요. 아무도 알아
차릴 수 없게 말이에요. 시드윈, 왜 이다지도 행복할
까요. 난 당신이 들어오는 것도 몰랐어요. 얕은 잠에
빠져 있었던 모양이에요. 어쩌면 꿈을 꾸었는지도 모
르죠. 음식을 먹은 탓이에요. 식곤증이었나…….

시드윈 : …….

끌루띠르뜨 : 여기서는 안 돼요. 의자 위가 너무 지저분해요.

시드윈 : …….

끌루띠르뜨 : 왜 그래요?

시드윈 : 끌루띠르뜨 뭘 찾고 있나요?

끌루띠르뜨 : 이것 봐요? 시드윈, 제 말이 들리지 않아요?

시드윈 : …….

끌루띠르뜨 : 그럼 절 의심하는 건가요?

시드윈 : …….

끌루띠르뜨 : 딴 여자들처럼 말이죠!

시드윈 : …….

끌루띠르뜨 : 정녕 당신도 그렇게 생각하는군요.

시드윈 : …….

끌루띠르뜨 : 그럼 증거는 뭐죠?

시드윈 : …….

끌루띠르뜨 : 이제 당신은 저를 사랑하지 않는군요.

시드윈 : …….

끌루띠르뜨 : 그럼 좋아요, 제가 어떻게 처신해야 하는지 알겠
어요.

시드원 : ……?

끌루띠르뜨 : 그렇잖으면, 당신은 아직도 저를 사랑하고 계신
단 말인가요? 그렇죠, 그렇게 생각하시죠? 시드원.

시드원 : …….

끌루띠르뜨 : 어서 말해줘요. 이봐요, 시드원, 당신은 제가 싫
어졌나요?

시드원 : …….

끌루띠르뜨 : 이젠 저를 바보 취급하시는군요?

시드원 : ……?

끌루띠르뜨 : 의심하는 것은 야비한 짓이에요.

시드원 : …….

끌루띠르뜨 : 그럼 내 공범자를 소개하겠어요.

시드원 : 아니 뭐야! 이 남장한 사람은 마르셀 아니야!

마르셀 : 자, 비극은 모두 끝났어요. 참 감동적이었어요.

끌루띠르뜨 : 시드원, 당신의 태도가 모두 옳았어요. 절대로
의심해선…….

시드원 : 왜 나를 이렇게까지 고통스럽게 하는 거지. 그래서
당신이 심술궂다는 거요!

끌루띠르뜨 : 당신을 시험해 보고 싶었어요.

시드원 : 이번에도 좀 지나쳤던 것 같소.

끌루띠르뜨 : 저로서는 이것이 최상의 방법이었어요. 당신의
사랑을 확인하기 위해서 말이에요.

마르셀 : 그럼 두 분 잘 있어요. 마음을 다잡는 법을 당신들께 양보해 줄게요. 좀 아깝긴 하지만.

시드윈 : 놀라운데……. 그렇게 하고 있으니 정말 아름답더군.

끌루띠르뜨 : 이번엔 당신 차례예요.

시드윈 : 그럼 이번엔 마르셀이 여자 꼭두각시로 상대해 줘야 겠군. 그래야만 내 복수가 시작된단 말이오.

마르셀 : 싫어요! 끌루띠르뜨, 제발 그를 말려 줘!

끌루띠르뜨 : 시드윈. 그만둬요.

시드윈 : 난 당신이 좋아! 마르셀 난 당신을 사랑해!

끌루띠르뜨 : 어떻게 이런 무서운 일이 갑자기 일어날 수 있을 까? 정말 두려워. 난 죽을 것만 같아! 마르셀, 제발 부 탁해!

마르셀 : 저도 당신이 좋아요. 당신을 사랑해! 아! 시드윈.

시드윈 : 아! 내 사랑.

제4장
끌루띠르뜨. 시드윈 무대에 남아 있음

시드윈 : 결국 멋지게 복수했군.

끌루띠르뜨 : 당신은 심술쟁이야.

시드윈 : 어쩌다 보니 나도 좀 지나친 것 같군. 그렇지만 당신 은 아주 훌륭한 연기를 보여주지 않았소.

끌루띠르뜨 : 하지만 당신이 저보다 더 잔인했어요.

시드원 : 그렇지만은 않아. 현실이란 우리가 있는 그대로를 더
　　　　　절실하게 느끼게 해주지.

끌루띠르뜨 : 악의 없는 꼴 시늉이죠.

시드원 : 나도 그래.

끌루띠르뜨 : 그것 참말이요? 내 말을 믿는 건가요?

시드원 : 그렇소. 꼴 시늉이지.

끌루띠르뜨 : 정말이요? 정말 심술궂은 사람이군요. 하지만 마
　　　　　르셀의 표정은 진지했어요.

시드원 : 그럼 이번엔 당신도 큰소리로 떠들어봐요.

끌루띠르뜨 : 아, 당신은 나를 사랑하고 있어. 진심으로 저를
　　　　　사랑하고 있단 말이에요. 당신은…….

색

"애인이라고 하셨나요? 하지만 전 자유를 더 사랑하죠. 애인이라고 분명히 말씀하셨죠. 그것은 의심과 질투와 고통을 줄 뿐입니다. 애인이란 말씀이죠. 사랑의 거울을 통해 마음 내키는 대로 인생을 오갈 수 있는 편이 더 좋겠지요. 무슨 말이 더 필요하죠."

연보라색

그 이상 만지지 말아라. 그것이 장미다.

|히메네스|

폴린은 고해성사 30분 동안의 시간이 너무 좋았다.

그녀가 무겁고 무서운 죄악의 열매를 딸 때마다 조금씩 가벼 워진 인간이란 나무는, 그만큼 불행의 가지를 곧추세우며 새로 운 인생의 봄을 되찾은 것 같은 착각에 빠져들기 마련이다.

이것은 마치 하녀 아메리가 자기의 머리를 감겨줄 때와 같은 기분이라고 엉뚱한 생각을 해보았다.

고해성사는 마치 차가운 푸른 물결이 더럽혀진 육체를 씻어내 듯 무거운 죄악의 베일을 벗겨주었다. 그래서 근심과 불안의 고 통에서 해방되어 홀가분한 기분을 맛보게 해주었다.

'과연 나는 고해성사를 통해 진정한 죄 사함을 받을 수 있단 말인가!'

이런 생각을 하면서도 그녀는 자기 자신을 부끄러워하였다.

그녀가 남모르게 저질러 온 죄악에 대해 깊이 뉘우침으로서 후회와 격심한 죄책감은 사제의 관대한 사랑의 말과 복종, 그에 따른 협력이 필요해졌기 때문이다.

'역시 신부님의 말이 옳아.'

하고 그녀는 마음속으로 자기반성을 하였다.

'더구나 지금 내가 느끼는 이 더없이 행복한 감정은 부정한 죄를 범한 여자가 심판받았음을 증명하는 그 본성이 아닐까!'

그녀는 자기 자신에 대해 과장하지도 않고, 또 철저하리만큼 비밀을 지키지도 않고 2년 전부터 지내온 자신의 생활을 조용히 이야기하였다.

"저는 한 여자의 정절을 끝내 지켜주지 못하고 큰 죄를 범했습니다."

"혼자서 말인가요?"

"아니에요."

"당신 남편과 함께 말인가요?"

"신부님, 남편과 함께였다면 왜 제가 여길 왔겠습니까?"

"좋아요. 계속하시오."

"저는 머릿속으로, 그리고 말로, 행위로도 죄를 범했습니다."

"그럼 연인은 한 사람뿐인가요? 아니면 여러 사람인가요?"

"남편 이외에 한 사람 더 있었어요."

"좋습니다. 그럼 당신은 남편 몰래 공범자와 만나고 싶고, 그를 안고 싶고, 그에게 몸을 맡기고 싶었단 말이지요?"

"네!"

"자주 관계했나요?"

"끊임없이 서로를 요구했어요."

"좋습니다. 당신들이 함께 있는 동안 외설스러운 이야기를 나누었다는 말이죠."

"신부님, 그건 좀 지나친 말씀입니다."

"외설스러운 대화란 말하자면 다정한 대화라는 뜻인데?"

"네, 맞아요."

"물론 그다음엔 애무했겠군요. 평범했나요?"

"……."

"그는 당신의 온몸에 입술을 대었나요?"

"…… 네."

"오랫동안이었겠군요."

"네……."

"당신도 그래었겠군요."

"네, 물론 저도 그랬습니다."

"그리고 당신들은 황홀한 기쁨에 빠져들었단 말이지요."

"가끔은요."

"좋습니다. 이것은 중요한 일입니다. 그와 같은 행위를 기쁜 마음으로 했나요. 아니면 마지못해서 관계했나요?"

"아!"

"그럼 기뻤다는 말이군요. 무서운 일입니다. 당신은 연옥의 끓는 기름 가마에 떨어질 죄를 저질렀습니다."

"신부님, 저는 지금 굉장히 후회하고 있습니다. 이건 사실이에요."

"좋습니다. 좀 더 계속해 봐요. 임신을 피하려 다른 방법을 시도해 봤나요?"

"……."

"사도 바울의 말씀에 따르면, 당신은 동물처럼 다른 생각은 일절 하지 않고 오직 당신의 열정만 가득 채우고 있었던 셈이군요. 그렇죠?"

"……."

"당신은 동물적인 쾌락 이외에 아무 목적도 없이 자기의 육체를 낭비하고 있었던 것이로군요."

"…… 아!"

"당신은 단 한 번도 본래의 자신으로 돌아가는 일 없이, 그리고 양심의 가책도 없이 성스러운 교회의 가르침도 생각하지 않았다는 건가요?"

"아…… 제발!"

"정말 단 한 번의 부끄러움도 느끼지 않았었나요?"

"지금 너무 수치스러워서 신부님의 물음에 대답도 못 하겠습니다."

"좋습니다. 더 계속하세요. 당신은 알몸이 된 적이 있습니까? 옷을 다 벗었느냐 말입니다."

"네."

"창피하지도 않았단 말입니까?"

"아! 어떤 대답을 드려야 될지!"

"당신의 행위는 악마와 같습니다."

"아니, 악마라뇨?"

"악마만이 자신의 알몸을 봐도 부끄러워하지 않습니다."

"하지만 신부님, 지금 저는 형용할 수 없는 수치심을 느끼고 있습니다."

"당신은 너무나 격렬한 유혹에 빠졌던 것이 틀림없습니다."

"……."

"그 격정이 당신을 사로잡았던 것입니다. 그럼 당신은 그를 진정으로 사랑했나요?"

"네, 저는 그를 사랑했다고 분명하게 말씀드릴 수 있습니다."

"당신은 지금 속죄하는 마음으로 죄에 대한 심판을, 그리고 새로운 신앙심의 다짐으로 더럽혀진 영혼과 육체의 도움을 얻지 않으면 안 됩니다."

"신부님, 지금 당장에라도 그렇게 하고 싶습니다."

"좀 더 이야기를 계속할까요? 그는 당신을 어떻게 사로잡았나요?"

"잘 모르겠어요. 눈길인지, 미소였는지, 부드러운 음성이었는지 모르겠습니다."

"당신은 그의 유혹에 저항해 보았습니까?"

"아닙니다. 오직 저는 그를 사랑할 뿐입니다."

"정말 그뿐이었나요?"

"네, 그래요. 왜 거짓말을 하겠어요."

"만약 천주님이 용서하신다면, 이제부터는 그를 만나지 않겠다고 약속할 수 있나요?"

"다시는 만나지 않겠다고 신부님 앞에 맹세할 수 있습니다."

"좋습니다. 할 이야기가 있으면 계속하세요."

그리고는 그의 식성大食과 게으름, 거짓말, 그 밖의 죄에 대해 하나하나 검토받았다.

폴린은 미친 듯 사랑의 식사를 마친 다음에 즐겼던 정성이 담긴 간식 이야기, 그 남자 친구의 팔에 안겨 잠들었던 낮잠 이야기, 남편의 의심을 무마하기 위해 생각해낸 교묘한 이야기 등을 모두 털어놓았다.

"그것은 꿈이었어요. 이미 꿈에 지나지 않은 그림자였어요. 정말 그것은 꿈이었어요."

마침내 그녀는 흐느끼기 시작했다.

"당신은 정말 자신이 저지른 죄를 회개하고 참회의 눈물을 흘리는 건가요? 아니면 거짓으로 연기하는 당신의 모습을 하느님이 보시고 죄를 용서해 주실 것이라고 믿습니까? 그러니 그 눈물부터 어서 멈추세요. 당신이 몹시 화나게 한 하느님께 잘못을 빌도록 하세요."

이윽고 라틴어 기도문 소리가 의상과 아주 잘 어울리는 고상한 모자의 그물코를 통해 그녀의 금발 머리 위에 하나씩 하나씩 떨어지는 동안, 그녀의 감동은 두 배 세 배로 더해 갔다.

모자는 신부가 입은 의상과 잘 어울리는 같은 계통의 색조였다. 그러나 빛이 바래 조금 낡아 보였다.

의식을 마치자, 그녀는 조금도 당혹하지 않고 그동안 알고 지내던 사제에게 매혹적인 인사를 건넸다. 그리고 두 사람은 한동안 최고로 많이 팔렸던 자선바자 이야기를 주고받았다.

그때 사제는 안타깝게도 이 우아한 여인을 처음부터 갈망할 마음은 없었다. 그러나 꼭 집어 말할 수 없는 어떤 경이로움과 아첨하는 기분으로 유심히 바라보지 않을 수 없었다.

바로 자기 앞에 서 있는 여인은 조금 전 고해성사 때와는 딴판으로 여전히 아름답고 섬세하였다. 그녀는 어쩌면 더할 나위

없이 교활한 궤변가보다도 음탕한 비법을 더 많이 알고 있는 듯
자신감에 넘쳐 보였다.

여자! 이 여자는 천사와 같이 사랑스러운 두 아이의 어머니다.
주일날이면 어김없이 아이들을 데리고 미사나 교리를 들으려 교
회에 온다. 그녀의 남편은 성스러운 신앙과의 전쟁을 설명하고,
그녀의 애인은 르에르 부인을 위해 그녀의 곁을 떠나겠노라고
말한다. 그러면 이 부인은, '저는 하느님의 광신자입니다' 하고
소리 높이 외친다. 여자. 아, 여자!

폴린이 차에 올랐을 때, 그녀는 아름다운 난꽃을 떠올렸다. 예
전부터 알고 지내던 그 남자가 그날 아침 집으로 배달해 왔으리
라 짐작되는 아름다운 난을 말이다.
'지금 나는 순결하다. 불결하지 않다. 아! 나는 행복하다. 장밋
빛 꽃무늬가 그려져 있었지. 그것이 바로 사랑이라는 무늬야. 틀
림없이 그였어. 맞아, 그 사람이야. 아! 벌써 여섯 시인가? 그와
만날 수 있다면 얼마나 좋을까? 하느님, 당신이 만든 종교는 정
말 좋군요. 지금 저는 행복하답니다.'

색

'지금 나는 순결하다. 불결하지 않다. 아! 나는 행복하다. 장밋빛 무늬가 그려져 있었지. 그것이 바로 사랑이라는 무늬야. 틀림없이 그었어. 맞아, 그 사람이야. 아! 벌써 여섯 시인가? 그와 만날 수 있다면 얼마나 좋을까? 하느님, 당신이 만든 종교는 정말 좋군요. 지금 저는 행복하답니다.'

라일락

무거운 것은 바다의 모래와 슬픔, 약한 것은 꽃과 젊음
|크리스티나 로제티|

베아트리스는 이 나라의 유일한 왕녀다. 그래서 자기를 따르는 주위 사람들에게 아주 엄숙하지 않으면 안 된다는 생각에 사로잡혀 있었다.

왕녀란 진기한 과일과 같은 존재로, 그것을 따려는 사람은 당연히 상대적으로 그만큼의 고통을 받아야 한다는 것이 왕녀의 입장이었다.

왕녀는 주위 사람들에게 많은 시련을 주고 있었다.

그녀와 비교적 가까이 지내는 백작은 대단한 애연가였다. 어느 날 그는 왕녀를 따라 산행하게 되었는데, 온종일 담배 없이 지내야만 했다.

또 한 사람은 춤추는 일로 하루하루 생활하고 있었는데, 왕녀의 명령으로 일 년 중에 가장 크고 호화로운 무도회에 참석하지 못했다.

그녀는 사교계의 저명인사로 불리는 귀족들과 자주 어울리는 고상한 취미를 가진 귀부인들에게까지 서슴지 않고 금족령을 내

렸다.

이렇듯 직간접으로 피해를 본 사람들은 한결같이 왕녀를 원망했다. 그러나 그러한 사람들 가운데 오직 한 사람 리요네르는 달랐다.

그는 비교적 낙천적인 성격의 소유자로, 그녀의 주변에 끊임없이 일어나는 돌발적인 사건들을 기꺼이 받아들였다. 그것이 무엇이건 간에 말이다. 비록 그를 바보로 취급하는 일이라도 개의치 않았다.

그는 왕녀에게 참을 수 없는 모욕을 당했을 땐 오히려, 그녀의 손등에 가벼운 입맞춤을 했다. 그것도 열렬하게 할 수 있도록 허락까지 받아내었다. 아울러 그녀 앞에서 조심스러운 미소까지도 짓는 특혜를 받은 철면피이기도 했다.

그래서 그랬는지 왕녀는 사교계의 모임 장소인 살롱의 분위기를 일신하기 위해서나, 유명한 철학자 쥘르메트르 씨의 강연을 들으러 행차할 때마다 그를 대동하곤 했다.

그리고 마지막으로 행복의 절정을 맛볼 수 있는 대기실로 알려진 릴라 색의 작은 살롱에서 그는 왕녀와 마주 앉아 이야기를 나누는 유일한 남자였다.

또 리요네르는 왕녀를 위해서 앉았다 섰다 무릎을 꿇었다 하면서 오랫동안 자신이 경험해 온 열정에 대해서, 성적 매력이 있고 멋있는 남자에 관해서, 삶의 본질에 관한 강의나 운명적인 슬픈 이야기를 들려주기도 했다.

그러던 어느 날 왕녀는 여성 특유의 부드러운 몸짓으로 그의 곁에 다가가 앉았다가 돌연 태도를 바꾸어 위엄을 갖추고 명령하듯이 말했다.

"이봐요, 이제부터는 서로의 신분에 맞게 신중하게 행동하도록 하세요. 난 말이에요, 내 신분을 잊어서는 안 된답니다. 그러니 당신도 나를 유혹하면 안 된다는 사실을 명심해요. 세상의 여자들이 다 그렇듯, 왕녀들의 육체 또한 약한 것이에요."

하고 그녀는 왕녀라는 말에 힘을 주어 말했다.

"어떤 여자보다도 나와 같은 위치에 있는 여자가 얼마나 고독한지는 당신도 모를 겁니다. 오직 엄격한 규율 속에서 덕행을 닦기 위해 태어난 나는 언제까지나 이를 지키고 실천하지 않으면 안 돼요. 아아, 결코 당신이 바라는 그런 여자가 될 수 없는 것이 나의 불행입니다. 리요네르, 제발 친구로 내 곁에 머물러줘요. 내 체념의 동반자가 되어 주세요. 그리고 나의 상대가 되어 괴로움을 들어줘요."

그러나 리요네르에게는 나름대로 계획이 있었다.

이러한 희극적인 포로 신분에서 벗어나려 애쓰다가 절망한 나머지 오래된 장목樟木으로 만든 작은 서가에 머리를 부딪쳐 가벼운 상처를 내야만 했던 불행한 한 남자를 알고 있었다.

그때 왕녀는 더 큰 불행을 피하려 울면서 그를 떠나보냈다.

왕녀는 단둘만의 시간이 지루한 듯 손수 문을 잠그기 위해 잠깐 자리에서 일어났고, 옛 판화에서나 볼 수 있는 요염하고 경박하고 천한 침모처럼 아주 능란하게 옷을 벗기 시작했다.

그러나 리요네르는 자신의 계획을 포기할 수 없었다.

그는 욕정에 굶주린 왕녀의 손아귀에서 놀아나는 것처럼 가엾은 모양을 보였다. 그러면서 떨리는 목소리로 나직이 말했다.

"결국 우리 두 사람은 함께 울 수밖에 없군요. 나는 당신을 너무 사랑하기에 소중한 당신의 마음을 절대 거역해서는 안 된다는 것을 잘 알고 있습니다. 그러나 우리의 운명을 거역하지 않으려면 영원한 친구로 지내는 것이 더 좋을 듯합니다."

왕녀 역시 리요네르를 사랑하고 있는 것이 분명했다. 그가 이렇게 자신의 속마음과 전혀 다른 이야기를 할 때도, 그녀의 육체는 영혼이 메마른 깊은 곳에서 타오르는 욕망의 불길을 애써 감추며 그의 모든 것을 갈망하였다.

이제 그가 우울하고 어두운 얼굴로 끝내 마지막 작별 인사를 했을 때, 그녀는 손에 닿은 그의 뜨거운 손을 꼭 잡고 자기 가슴 쪽으로 끌어당기려 할 만큼 열정에 사로잡혀 있었다.

그러나 아직 한 번도 경험해 본 적 없는 수치심이 그녀의 욕망을 억눌렀다. 그녀는 더 이상 그를 잡을 방법이 없어 리요네르를 떠나보내기로 마음을 바꿨다.

문이 닫히자, 그녀는 곧 자신이 감당할 수 없는 크나큰 슬픔에 싸여 있는 공허감을 절절히 느꼈다. 그것은 무겁고 짙으며 깊이를 알 수 없는 절망감으로, 온 생애는 물론 왕녀라는 운명까지도 침잠시키는 것 같았다. 그러나 그러한 괴로움도 이런 생각을 떠올리니 일순간 마음이 약간 가벼워졌다.

'어쩌면 내일은 돌아올지도 몰라.'

그러나 리요네르는 다음 날이 되어도 모습을 나타내지 않았다. 이틀이 지나고 사흘이 지나 나흘째가 되니 런던으로부터 짤

막한 소식이 전해져 왔다.

　사랑스러운 벗님, 생각지 못한 일이 생겨 당신 곁을 떠나지 않으면 안 되었습니다. 그러나 언제인가는 당신의 변함없는 영원한 벗으로서 경건한 의무를 다할 것입니다. 당신의 벗 리요네르.

　곧이어 왕녀는 그에게 답장을 보냈다.

　친애하는 벗이여, 돌연 당신이 떠남에 슬픔을 감출 수 없습니다. 한 가지 분명한 사실은 뜻밖의 일 하나만으로도 나에게서 당신을 떼어놓을 수 있다는 것을 비로소 깨달았습니다. 그러나 왜 이토록 오랜 시간을, 아니 3세기나 4세기의 긴 세월만큼이나 당신의 소식이 기다려지는 걸까요? 긴 기다림 끝에 이제야 당신의 편지를 받았어요. 그런데 이 편지는 왜 이토록 심술궂을까요! 정녕, 내가 당신을 걱정하면 안 되나요. 베아트리스.

　리요네르는 편지를 읽으며 혼잣말로 다짐하듯 되뇌었다.
　'이제야 그녀를 손에 넣었군. 이것도 내일을 위해서이지.'
　그런 이변이 있은 일주일간, 베아트리스의 상상은 다람쥐처럼 슬픔의 가지에서 기다림의 가지로 몇 번씩이나 옮겨 다녔다.
　그녀는 비참한 실망에서 금방 손에 닿을 것 같은 희망으로, 그리고 극심한 공포에 사로잡힌 절망의 나락에서 기쁨으로, 환희에서 불안으로 옮겨 다녔다. 그리고 거의 다 잊어버린 망각 속에서 방황하고 있을 때, 리요네르가 시녀의 인도를 받으며 그녀의 곁으로 돌아왔다.

그녀는 그를 발견하고서 재회의 기쁨에 그에게로 뛰어가다가, 수줍음 많은 소녀처럼 얼굴을 붉히며 잠시 멈추어 섰다. 그러자 리요네르가 두 팔을 활짝 벌렸다.

이에 그녀는 기다렸다는 듯 그의 품에 안기며 행복에 잠긴 두 눈을 내리감고 이젠 아무것도 생각하지 않았다. 오직 침묵 속의 긴 입맞춤과 다정한 애무가 그녀를 감쌀 뿐이었다.

얼마 후 리요네르는 거실문을 재빨리 잠갔다. 이리하여 그는 자신이 왕녀의 사랑임과 동시에 한 남자로서의 권위를 확인할 수 있었다.

리요네르는 진정으로 베아트리스를 사랑했다. 그러나 왕녀라는 그녀의 신분에 막연한 분노가 일었다. 그는 자신의 정복욕과 남자로서의 우월감을 만족시키면서 복수심을 불태웠다.

그러한 그의 애매한 감정의 표출을 다정한 모습으로 비화시켰다. 그런 다음 아주 짧은 시간, 그것도 순식간에 음란하고 괴상한 성행위를 하였다. 그 행위는 도가 지나쳐 짐승, 바로 그것이었다.

그는 욕망이 시키는 대로 모든 것을 시험해 보았고, 상상으로 떠올려보던 온갖 행위를 요구했다. 날마다 음란한 시구를 한 구절씩 외우는가 하면, 꼭 그만큼의 강도가 있는 육체적 행위를 서슴없이 행하고 낮과 밤을 가리지 않았다.

왕녀 베아트리스는 그러는 동안 사랑에 정복되어 서슴없이 무너져갔다. 염주 알이 손가락 사이를 빠져나가는 듯한 아스라함에 빠져 정복당한 자의 처참한 모습으로 무분별하게 한 남자의 체온에 매달렸다.

그러던 어느 날, 리요네르가 상상력을 모두 다 소진하고, 서로 조용히 단순한 행복을 누리고 있었다. 이때 베아트리스는 피로해진 몸을 쉬며 미소 지었다. 그런데 그는 갑자기 미친놈 같은 포옹 방법을 고안해냈다.

그래서 그는 애인으로서가 아니라 신도처럼 무릎을 꿇고 그녀의 발에 입 맞추며 격정에 찬 음성으로 말했다.

"오오, 베아트리스, 당신은 세 가지의 빛깔을 지닌 여인입니다. 아름다움의 베아트리스, 사랑의 베아트리스, 정욕의 베아트리스. 그동안의 나의 어리석은 행위를 진심으로 용서하길 바랍니다. 나는 왕녀인 당신을 본보기로 보이려 당신을 모욕하고 싶었나 봅니다. 당신을 욕정의 포로로 사로잡아 할렘의 여인으로 취급하고 싶었나 봅니다. 그리고 당신에게 정념의 힘을 불어넣어 준 것은 나였지만, 난 결국 당신의 노예일 뿐입니다."

색

"오오, 베아트리스! 당신은 세 가지의 빛깔을 지닌 여인입니다. 아름다움의 베아트리스, 사랑의 베아트리스, 정욕의 베아트리스. 그동안의 나의 어리석은 행위를 진심으로 용서하길 바랍니다. 나는 왕녀인 당신을 본보기로 보이려 당신을 모욕하고 싶었나 봅니다. 당신을 욕정의 포로로 사로잡아 할렘의 여인으로 취급하고 싶었나 봅니다. 그리고 당신에게 정념의 힘을 불어넣어 준 것은 나였지만, 난 결국 당신의 노예일 뿐입니다."

오렌지

친구도 애인도 돈도 화려한 집도 없다. 그러나 희망의 길이 있다.

|메이스필드

시골 처녀 벨뜨가 어머니와 함께 바느질하고 있는 방에 젊은 장교가 들어섰다. 그때 그녀는 뭔가로 얻어맞은 것 같은 현기증을 느꼈다.

순간의 혼란에서 깨어나 가까스로 자세를 바로잡았지만, 가슴은 강렬하게 뛰는 그 박동 때문에 터질 것만 같았다.

그래서 그녀는 재빨리 옆에 놓인 걸상을 짚으며 머리를 떨구면서 한편으로는 일하던 것을 치우는 척하며 벅찬 행복감에 홀로 떨었다.

그러자 그녀의 어머니는 나이 먹은 사람들의 권리라도 되는 양 잔소리 섞인 속된 말들을 거드름을 피우며 늘어놓았다.

"이렇게 이른 아침부터 손님을 기다린 적은 없었다오. 가능하다면 시간 여유를 갖고 옷이나 제대로 차려입은 다음에 당신을 거실에서 맞이하고 싶었지요. 파리 사람들처럼 유행을 따라 벽난로 위에 꽃병을 갖다 놓고 꽃을 꽂아두었다면 분위기가 훨씬 좋았을 거요. 무엇보다도 남편 베르나르가 자리를 함께했더라면 더 잘 어울렸을 거예요. 왜냐하면 우리처럼 가난한 여인들이 훌륭한 장교 나리를 모신다는 것은 두려운 일이랍니다."

사실 그녀는 대단히 두려워하는 눈치가 역력했다. 하지만 그 같은 상황은 어제 오후 그의 전령이 찾아왔을 때, 이미 예감하고 있었던 일이었다.

전령은 집안 이곳저곳을 살피면서 그가 묵을 방에서 촌스러운 망토 걸이를 끌어낼 때도 자기 상관에 관한 신상정보나 인상을 나이 든 하녀에게 제대로 알려주지 않았다.

"우리 상관은 몹시 거친 분이랍니다. 키는 나만큼 큰데 보통 사람의 두 배나 되죠. 또 음식이라면 아귀같이 가리지 않고 마구 먹어댄다오."

하고 그는 위협적으로 말했었다.

"그럼 어떻게 하지요. 당신의 말이 사실인가요. 당장에라도 맛있는 저녁밥을 짓고 푹신한 침대를 준비해야겠군요. 그 훌륭한 장교님을 위해서 말이죠."

"뭐, 그렇게 훌륭한 장교님은 못 되죠. 이렇게도 저렇게도 할 수 없는 막돼먹은 인간이죠. 오늘 저녁 6시에 이곳에 도착하실 겁니다. 자, 중대에 경례, 해산."

"아무리 바쁘더라도 여기까지 오셨으니 차라도 한잔하세요, 군인 아저씨."

"그럼 실례하겠습니다."

병정은 찻잔을 들고 서서 마시면서 자기 상관에 대한 인상을 나름대로 명확하게 말해 주었다. 아무도 말릴 수 없는 촌뜨기라고 말이다.

장교에 관한 이야기를 거듭하면서 온 집안 식구들은 불안해했다. 그러나 벨뜨는 달랐다.

이 집의 가장이자 주인인 베르나르 씨는 그토록 무서운 사람과 단둘이 마주 앉아 있기 싫어서, 매사에 빈틈없는 세금 징수관을 그 저녁 식사에 함께 초대하리라 마음먹고 집을 나섰다.

"우리가 그를 술에 취하게 할까요? 술에 취하면 만사가 다 끝장나지 않겠소."

하고 그는 그 나름대로 작전을 세웠다.

베르나르 부인도 뭔가를 궁리하는지 중얼거렸다.

"내가 꼼짝 못 하게 할 거야. 어려울 건 없어. 남정네를 구슬리는 데에는 그 방법밖에 없으니까."

벨뜨도 묘안을 떠올렸다. 온 집안 식구들은 제각기 나름의 생각에 매달렸다.

'무엇보다도 중요한 것은 남자가 찾아온다는 사실이야. 드디어 남자를 만나게 되겠군. 아아, 남자를 가까이해 본 것이 언제였던가! 그는 아마 나를 희롱하려고 들겠지? 틀림없이 그럴 거야! 내 생각이 옳아.'

그리고 그녀는 자신의 들뜨고 흥분한 모습을 보이지 않으려면 평소처럼 열심히 자수를 놓지 않으면 안 된다고 생각했다.

"아직 누구도 초대한 적이 없는 사람처럼 행동할 수 있을까?"

그리고 색실을 낀 바늘로 올을 뜨면서 그녀는 마음속으로 되뇌었다.

'드디어 나만의 시간이 다가온 거야. 결정적인 기회 말이야.'

이윽고 장교가 약속 시간에 도착했고, 식구들은 수선을 떨며 이미 준비해 둔 식탁으로 그를 안내했다.

식사하면서 모두는 군사훈련에 관한 일이나 토지에 관한 이야기, 그리고 갑자기 선선해진 기온에 관한 이야기, 원시림처럼 울창한 이 마을의 나무에 관해서 이야기를 나누었다.

장교는 농촌 풍경이 그림처럼 아름답다고 말로 표현하거나, 버드나무 아래로 흐르는 맑은 냇물의 매력을 칭찬하기도 하고, 미나리아재비가 어우러져 만발한 푸른 목장 한 모퉁이에 멈추어 서지 않을 수 없었던 일을 감탄하듯 이야기하면서 이 마을의 아름다운 경치에 탄성을 올렸다.

벨뜨는 그가 무릎을 치며 감탄하는 기분을 강조하는 행동을 눈여겨보면서, 예상과 다르게 이렇듯 마음씨가 고운 사람인가 하고 놀랐다. 그리곤 그를 찬찬히 살피듯 바라보았다.

"마리아 님, 어때요. 아름다운 곳이죠. 시냇가에서 덩치 큰 여자가 색색의 빨랫감을 마구 두들겨 빨다가 잠깐 일어서서는 깨끗이 빤 옷가지들을 하나하나 잘 다듬어진 나무 위에 널어 말리는 풍경 말입니다."

'빌어먹을, 그 여자가 나였다면 얼마나 좋았을까!'

벨뜨는 행복한 기분에 젖으며 생각했다.

'만약 그가 그 덩치 큰 여자와 숲속 빨래터에 단둘이 있었다면 기막힌 일이 일어났을 거야. 틀림없어. 아! 내가 그와 단둘이 있었다면 얼마나 좋았을까.'

장교가 들어올 때 잠깐 본 정원을 칭찬하자, 벨뜨는 비로소 입을 열었다.

"아주 소박한 정원이죠. 구경하고 싶으세요?"

"좋은 생각이다. 꽃을 좀 꺾어드리려무나. 나도 곧 따라갈게."
그녀의 어머니가 참견하듯 말했다.

젊은 장교는 정원에서 첫 번째로 본 장미 옆에서 전지가위를 집으려 했다.
"당신이 말씀하시는 것을 잘라 드릴게요. 내 눈앞에서 손가락에 상처 입는 것을 보기는 싫으니까요."
"아닙니다. 내 솜씨가 서투른 줄 아는 모양이군."
그녀는 전지가위를 슬며시 빼앗기는 척하면서도 약간 저항하는 모습을 보였다. 그는 그녀의 손가락을 부드럽게 폈다.
"우리의 시작이 좋소. 이렇게 아름다운 손을 만지고 보니, 마음도 만져보고 싶소."
하고 그는 약간 장난기 섞인 음성으로 말했다.
그녀는 대답하지 않은 채 생각에 잠긴 듯한 표정을 지었다.
'여기서 자칫 잘못하면 이도 저도 아닌 재미없는 시간만 보내야 할지도 몰라!'
그래서 그녀는 적극적으로 공세를 펴기로 했다. 장교가 상처난 손으로 자른 장미를 내밀었을 때,
"어머, 피 아니에요? 제 꽃에는 흘리지 말아줘요."
"그래도 피는 깨끗하오."
"아니요, 불결할 수도 있어요."
"지휘도로 일격에 머리를 반으로 자른 군인을 보고, 그런 말을 참 쉽게도 하는군."
그녀는 그를 슬쩍 보았다.

'정말 화가 난 것일까. 물론 마음만 먹는다면 나를 때려눕혀서 꼼짝 못 하게 할 수도 있을 거야. 그를 더 화나게 하려면 무슨 말을 어떻게 해야 좋을까!'

그녀는 적당한 말이 떠오르지 않아 잠깐 침묵을 지켰다.

'내가 처음부터 시작을 잘못한 거야. 그의 감정을 단숨에 사로 잡을 방법이 있었을 텐데, 왜 내가 미처 그 생각을 하지 못했을 까. 그는 결코 먼저 나를 공격해 오지 않을 것이 분명해. 그렇다 면 어떻게 해야 하지. 아! 사랑을 주고받는다는 것은 정말 피곤 한 일이야.'

한편 젊은 장교는 자기 대로의 생각에 빠져 있었다.

'그녀는 지금 나를 모욕하고 있는 것이 분명해. 그렇지만 상대 는 여자가 아닌가! 아무리 여자라고 해도 나를 모욕한 것은 틀림 없지. 군인의 명예를 걸고 그녀에게 답례를 꼭 해줘야겠군.'

장교는 주위를 한 번 둘러보았다. 어느새 두 사람은 정원으로 부터 멀리 떨어진 푸른 숲속까지 와 있었다.

"이젠 바구니에 장미가 가득 찬 것 같군. 가위를 그만 놓아야 겠어."

그녀는 이미 결심하였지만, 그래도 사내의 태도가 조금 걱정 되어 손을 내밀었다. 그때 그의 두 손이 그녀의 양어깨를 덥석 잡는 것을 느꼈다. 동시에 거친 입술이 그녀의 입술 위로 무겁게 덮쳐왔다.

장교의 행동은 복수치고는 짓궂었다. 그는 욕망을 조금 채우 고는 그녀의 어깨에서 손을 뗐다. 그리고 여자가 열정 어린 입맞 춤으로 앙갚음하기를 기대하면서 밀리듯 뒷걸음질 쳤다. 그리고

한 손으로는 그녀의 부풀어 오른 가슴을, 다른 한 팔로는 활처럼 젖혀진 여자의 상체를 받쳐 주었다.

그 포즈는 확실히 고전적이었다. 결국 푸른 풀밭에 몸을 뉘고, 약간 벌어진 두 다리를 덮은 치맛자락을 들어 올리려는 젊은 장교의 서투른 손놀림은 절도를 잊지 않으려는 어색함으로 떠는 듯했다.

다정한 희생자를 세심하게 배려하며 도우려는 것은 흔히 보는 나약한 인간의 실체가 아닐까.

"좋아요, 마음대로……."

하고 벨뜨가 아주 낮게 속삭였다.

그때 집 쪽에서 그녀를 부르는 소리가 들려왔다.

"얘, 벨뜨, 벨뜨."

그녀는 황급히 일어나면서 재빠르게 말했다.

"우리에게는 밤이 있잖아요? 저 먼저 갈게요. 밤에 다시 만날 때까지 조용히 계시든가, 아니면 침착하게 있어야만 해요. 시간 보내기가 지루하면 하녀들에게 하찮은 친절이라도 베풀든가 해요. 아시겠죠!"

그녀는 집 쪽으로 뛰어갔다.

집주인이 놀란 것은 젊은 장교가 아주 예의 바르게 행동한다는 점이었다.

식탁에서의 품위 있는 몸가짐은 집안사람들의 찬사를 받기에 충분했다.

술은 조금씩 마셨고, 담배는 두 개비밖에 피우지 않았다. 그러나 커피는 많이 마시는 편이었다.

그가 관심을 보인 것은 저녁 식사를 마치고 여담을 즐기는 동안, 그의 동료들이 열변을 토한 동기를 나름대로 추측해보는 것이 고작이었다.

그는 밤을 기다리는 행복감에 젖어 그들의 대화를 놓치기 일쑤였다.

'과연 처녀일까? 애인은 하나일까? 아니면 여러 사람을 상대하고 있을까? 순진무구한 여자일까? 다만 호기심에서 나를 상대하는 것일까? 어쨌든 오늘 밤은 뜻깊은 추억이 만들어질 거야. 과연 나는 양심적인 사람일까? 그럼 결혼은? 문은 잠가야 하나?'

그는 옆 사람들의 대화에 다시 관심을 보이는 척하다가 자신에게 몸을 맡겨올 아름다운 처녀를 지그시 바라보았다.

'왜 이토록 신중해지는 걸까? 길가의 꽃을 함부로 꺾으면 안 된다고 한 그녀의 말은 무슨 의미일까?'

'만약 내가 그녀를 손아귀에 넣지 못한다면 2년간, 아니 적어도 평생 후회하게 되지 않을까.'

그는 그녀가 차를 따라 주는 것을 애정도 없이 바라보다가 용기를 내어 말했다.

"아, 그만하면 됐소. 너무 진한 것 같군. 나를 밤새도록 잠 못들게 하려는 거요?"

이 말에 그녀는 아무 대답도 하지 않고 머리를 들어 그를 한 번 건너다보고는 눈을 내리깔았다.

그는 정신이 아찔해지는 가벼운 현기증 같은 것을 느꼈다. 물론 이것이 처음 가져보는 행운은 아니지만, 이러한 유형의 사랑은 아직 한 번도 경험해 보지 못했다. 이 젊고 열정적인 아가씨가 결정적으로 그를 격렬하게 흥분시킨 것이다.

'이 빨간 스핑크스는 무엇을 의미하는 것일까?'

그는 몸서리쳐지는 예감으로 나신裸身의 냄새를 맡았다. 그녀가 간접적으로 풍기는 애정의 농도에 흐뭇해하기보다는 오히려, 전에 갖고 싶어 했던 찬 대리석 조각 그대로의 새하얀 알몸을 그녀에게서 느꼈다.

그때,

"젊은 장교님, 밤이 너무 늦었어요. 오렌지색 방에서 쉬도록 하세요."

하고 베르나르 부인이 졸음 섞인 음성으로 말했다.

"딸아이의 심한 변덕 때문에 온 방을 이렇게 칠했답니다. 보셨지요. 그 방에서 편안히 주무시길 바랍니다."

이 마지막 말이 젊은 장교의 신경을 건드렸다. 어머니의 이런 간섭이 잠시 그를 망설이게 한 것이다.

벨뜨는 이러한 어머니의 행동이 나쁜 인상을 주리라는 걸 미리 알고 있었다는 듯 덧붙여 설명해 주었다.

"오렌지, 그건 제가 좋아하는 빛깔이에요. 바로 제 모습이죠. 이 빛깔이 주는 불꽃 같은 정열 속에 녹아들어 있으면 추해 보이지 않을 것 같은 생각에 젖게 되거든요. 지금까지 그 방에서 자 본 사람이 없답니다. 그래도 저는 종종 그곳에 혼자 틀어박히곤 하죠. 제 삶의 고향이니까요."

"이봐요, 장교님. 당신께 묻고 싶은 게 있어요. 제 딸아이가 거기서 뭘 한다고 생각하세요?"

하고 베르나르 부인이 말했다.

"벨뜨는 그 오렌지색 방에서 책을 읽거나 몽상에 잠기길 즐기겠지요. 글쎄, 우리 두 모녀에게는 몽상가적 기질이 좀 있으니까요. 할 수 없지요. 젊은 처녀들은 대부분 그러니까요. 저도 그 나이 때는 한 번쯤 앓아본 열병이죠. 그렇지만 저는 파란색을 좋아한답니다."

"부인, 오렌지색도 아름다운 빛깔입니다."

"제일 아름답다고 말씀해 주실 순 없어요?"

벨뜨가 투정 부리듯 말했다.

"가장 아름답습니다."

장교가 진지하게 말했다.

그는 기다렸다. 손을 씻고 세수한 다음 간편한 옷으로 갈아입었다. 그리고 긴장을 적당히 해소하려고 당초唐草 무늬를 그리면서 담배를 피웠다.

이제 그는 아무 생각도 하지 않았다. 다만 그의 빨라진 심장의 고동 소리가 들려올 때마다, 심지어 잠을 깬 파리의 엷은 파열음에도 숨이 멎을 듯싶었다.

거의 10초마다 그는 문 쪽을 바라보았다. 그는 더 이상 참을 수 없는 듯 방 밖의 동정을 살피려 일어났다. 문에 귀를 대보려고 발걸음을 옮겼다.

그 순간 난로 바로 옆의 벽지 한 장이 뜯기는 것 같은 엷은 소음을 들었다.

'착각일까?'

그는 약간 어두운 그쪽으로 다가갔다. 막 그곳에 다다랐을 때, 벨뜨를 두 팔로 끌어안지 않으면 안 되었다.

"제 방은 바로 여기예요."

짤막한 환영 키스를 받고, 그 답례를 나눈 다음, 그녀가 장난스러운 표정으로 설명했다.

"아주 간단하죠. 아시겠어요? 종이를 이중으로 발라서 그 사이에 있는 칸막이벽을 움직일 수 있도록 만들었지요. 이와 같은 소망은 3년 전부터 당신이 이곳에 오시지 않을까 하는 막연한 기다림으로 이 방을 종종 보러 왔지요. 그러나 방엔 아무도 없었어요. 언제나 공허와 절망만 감돌고 있었을 뿐입니다. 그런데 오늘은 당신이 기다리고 있네요. 마침내 제 소망이 이루어진 셈이지요. 당신도 저를 사랑해 주시겠지요?"

젊은 징교는 이 말에 놀라운 눈빛으로 그녀를 바라보았고, 벨뜨는 다시 힘주어 말했다.

"절망만 감돌고 있을 뿐이었습니다. 그런데 오늘 밤 당신이 저를 기다리고 있었답니다. 마침내 저의 소망이 이루어진 것이지요. 당신은 저를 사랑해 주시겠지요?"

아주 조용하고 조심스럽게 발걸음을 옮기며, 아주 낮은 목소리로 속삭이면서, 두 사람은 침대까지 가서 자리를 잡고 앉았다.

"찾아온 손님은 내가 기다리던 분이에요. 마침내 당신은 오셨고, 그리고 저 또한 당신을 맞이할 준비가 되어 있답니다."

장교는 사랑스러운 여자를 자기 쪽으로 당겨 끌어안으면서, 또 다른 젊은 육체의 아름다움을 얇은 옷 밑으로 느꼈다.

그는 몹시 감격하였다. 그리고 이렇게 말할 수 있는 용기도 남아 있었다.

"당신은 정말 바보 같은 여자야. 하지만 난 그런 당신의 허점을 이용하진 않겠어. 만약 당신이 진정으로 나를 사랑한다면 우리에겐 긴 한 평생이 기다리고 있다는 증거야. 조금 전까지만 해도 당신은 부주의하고도 순진하게 '우리에겐 밤이 있잖아요.'하고 말했지. 그러나 나는 말하고 싶어, '우리에겐 한평생이란 시간이 있다.'라고 말이야."

그녀는 그의 목을 감싸고 있던 두 팔에 힘을 한껏 주면서 머리를 장교의 넓은 가슴에 묻었다. 그리고는 미친 듯한 황금빛 눈동자와 빨강 머리를 들어 올려 입술을 찾았다. 그녀는 입술을 깨물고, 남자를 자기 가슴 쪽으로 끌어당기며 침대에 몸을 뉘었다. 그러자 마침내 남자는 여자의 깊은 곳으로 돌진했다.

"우리 두 사람은 말이에요?"

하고 그녀는 애인의 품에서 몸을 떨며 말했다.

"우리는 이런 순간을 또 가질 수 있을까요?"

두 달 후, 오렌지색 방은 혼례식을 올린 두 남녀의 신방이 되었다. 부부가 된 두 사람은 너무 행복한 나머지 정사에 관한 이야기까지 허물없이 나누게 되었다.

그러나 생각해 보니, 벨뜨는 지금의 남편이 그녀가 벽에 구멍을 내준 세 번째 사람이었다는 사실을 고백하지 않았다.

불행한 꽃

나는 공간을 건너가는 광선, 우주 밖으로 흘러가는 작은 별
|레인|

눈길을 끄는 매력적인 꽃 앞을, 그것도 꽃들이 흐드러지도록 황홀하게 피어 질정인 꽃집 앞을 지날 때, 나는 감동했다. 그리고 그곳에서는 잔인한 향기를 풍기고 있는 것을 알았다.

가슴이 가빠질 정도로 이상야릇한 냄새였다. 그래서 나는 꽃집으로 들어가 비통하게 말했다.

"부인, 미안하지만 장미꽃과 헬리오트로프와 재스민 세 가지 향기가 나는 꽃 한 송이를 주실 수 있습니까. 이 꽃은 인생을 이야기하는 꽃 같지만, 그 향기가 너무나 잔인해서 그 냄새를 맡노라면 기억은 모두 빛이 바랩니다. 더구나 잊고 싶은 먼 옛날의 향기를 풍겨서 저의 가슴을 울렁이게 합니다."

"젊은 분, 저희 가게에는 당신이 말하는 재스민이나 장미나 헬리오트로프 같은 것은 없어요. 새로운 꽃을 찾으신다면 그 이름을 말씀해 주세요. 여인의 가슴 위에서나 애인의 침대에서 향기와 빛깔色을 잃게 하고 싶은 꽃이라면 그게 무엇이건 그 이름을 알고 있으니까요."

"부인, 사실 한 송이에서 세 가지 향기가 풍기는 꽃은 제가 찾는 것이 아닙니다. 저와 똑같이 나이를 먹은, 폭풍이 불던 날 밤에 진 빛깔 없는 꽃을 사고 싶습니다."

"이봐요, 젊은 분. 저희 꽃집에서는 죽은 꽃은 팔지 않습니다. 저희 꽃가게에 있는 꽃들은 모두 다 싱싱하고 갓 핀 것들이며 사랑으로 가득 차 있습니다. 어느 것이나 물속 궁전이나 갈대 속에서 핀 것과 같이 아름다움을 지니고 있지요."

"부인, 저는 지금 그 꽃이 죽어버렸는지 살아있는지는 모릅니다. 그러나 그 절망의 냄새에 가슴이 울렁거리고, 그 괴로운 냄새가 저의 온몸에 젖어 있습니다. 아아! 이 원한으로 가득 찬 냄새가 어디서 풍겨오는지 말해 주지 않겠습니까?"

"가여운 젊은 분. 그건 아마도 당신의 마음에서일 것입니다. 병 들어 남루한 당신의 마음이 그런 냄새를 풍길 것입니다. 당신의 영혼을 빼앗으려는 절망 속에서 맡았기 때문에 평생 그 냄새를 기억하지 않으면 안 될 것입니다. 조금 전 당신은 폭풍우 부는 날 밤이라고 말씀했지요?"

"부인, 바로 그 꽃이 이 안에 있는 것 같습니다. 그것을 주세요. 저는 이 꽃집 앞을 지나다가 그 감동적이고도 잔인한 냄새에 이끌려 들어왔습니다. 제가 원하는 그 꽃을 주세요. 사랑과 원한의 꽃을요."

"불행한 젊은 분, 당신이 찾는 꽃이 이들 가운데 있다면 서슴지 말고 골라 가세요. 그동안 나는 공주님 같은 꽃들에 물을 주고 있겠어요."

"부인, 고맙습니다. 아, 그 꽃이 저기 있군요. 마침내 찾았습니다. 한 아름이나 되는 인동덩굴 무더기에 깔려있어 그 모습조차 분간할 수 없었습니다. 겨우 한 가닥의 줄기로 살아 있으면서 죽음의 향기를 풍기는군요. 불행하게도 저 꽃은 이 세상에 하나밖에 없습니다. 정녕 당신은 폭풍과 눈물과 행복의 냄새를 맡지 못했습니까?"

"이봐요, 불행한 젊은 분. 나에게는 흙과 모래의 메마른 냄새밖에 나지 않습니다. 이것은 인동덩굴 줄기에 바람이 날라다 준 작은 금작화金爵花 꽃송이에 불과합니다. 그것은 그늘에서 자랐기 때문에 색이 바래고 영양이 부족하여 누르스름하고 보기 흉합니다."

"부인, 아닙니다. 그것은 생동감 넘치며 황금빛으로 빛나고 아름답습니다. 저 불멸의 꽃은 악의가 없고 작은 하트 모양, 아니면 밀랍蠟의 눈물을 닮아있군요. 정말 당신에게는 밀랍과 사랑과 죽음의 냄새가 나지 않는다는 말입니까?"

"꿈을 잃은 젊은 분, 정말 나는 아무 냄새도 나지 않습니다. 그러나 당신은 저에게 장미와 헬리오트로프와 재스민을 말하지 않았습니까. 검소한 향기를 가진 꽃다발을 원하신다면 드릴 수 있습니다. 게다가 은은한 차 냄새가 나는 사철 피는 장미와 아름다운 잎을 감상할 수 있는 관상용 푸른 아스파라거스를 함께 넣어드릴까요?"

"부인, 내게 필요한 것은 오직 이 꽃뿐입니다. 이 작은 눈물, 이 작은 하트 모양의 노란 꽃뿐입니다. 물론 꽃값은 드리겠습니다. 이 아름다운 장례용 꽃은 얼마입니까?"

"불쌍한 젊은 분, 당신이 원하는 이 작은 하트 모양의 노란 꽃을 그냥 드리겠습니다. 당신에게 기꺼이 선물하지요."

"부인, 진심으로 감사합니다."

꽃집 문턱을 넘어서 나온 나는 이미 문밖에 서서 뒤돌아보며 부인을 향해 말했다.

"부인, 내가 당신의 꽃집 앞에서 이런 하루를 보내게 된 것은 참으로 불행이었습니다. 이 꽃집에는 저의 가슴을 울렁이게 하는 원망의 냄새가 풍기고 있습니다. 당신이 저에게 주신 꽃, 눈물과 사랑과 죽음의 이 작은 하트 모양의 꽃은 참으로 불행한 꽃송이입니다. 부인, 이 꽃은 저에게 말해서 안 될 것을 가르쳐 주었습니다. 저는 이 꽃을 가지고 돌아가는 즉시 없애버리겠습니다. 부인, 저는 이 꽃의 심장을 찔러버리겠습니다. 사랑의 추억도, 내 지난날의 아픔이 떠오르게 하는 감상적인 잡동사니도, 채집하여 헌 그림책 책갈피에 끼워 둔 마른 꽃들도, 한때 격렬했던 바람이 인동덩굴의 덩굴손 안에 몰래 감춘 꽃들도 이제 저에게는 아무 쓸모가 없습니다. 그러는 데엔 여러 가지 이유가 있습니다. 부인, 그 이유는 아주 정당합니다. 그러나 당신에게는 더 이상 아무 말씀도 드릴 수가 없습니다. 당신도 애써 그 이유를 묻지 말기를 바랄 뿐입니다. 다만 한 가지 부탁드리고 싶은 것은 부인께서 저 죽음의 냄새를 풍기는 인동덩굴을 감시해 주십시오. 그리고 저는 이 꽃집 앞을 지날 때, 두 번 다시 그 참을 수 없는 사랑의 냄새를 맡지 않으렵니다."

그 후부터 나는 세심한 주의를 기울여 이 꽃집을 피해서 다니곤 했다. 사랑과 청춘과 죽음의 냄새를 내뿜는 운명의 꽃이 황홀하게 피어 있는 그 꽃집을 말이다.

음탕에의 길

당신은 미래입니다. 영원한 평야 위의 새벽빛입니다.

|릴케|

여인의 작은 포도밭에서 가려 딴 한 알의 열매여,

너는 이제부터 생녕을 얻어 사나이가 되리라.

음탕함에서 태어나 한 가닥 욕망을 좇아

네가 죽음에 이르면

남루한 육체가 들어설 수 없는 왕국에서 너는 울부짖으리라.

그러나 너는 자식을 남기고

그 자식이 새로 태어난 거울의 모습으로

네가 한 행위를 그대로 할 것이다.

그 거울에는 지난날의 너와

끊임없는 욕망으로 인하여 창백해진 모습이 비칠 것이다.

맨 처음 너는

어머니의 바닷속에서 따뜻한 생명을 얻고

네 어머니의 사랑의 피가 너의 육체를 길렀다.

그리하여 너를 멋진 인생에 동반시키는 컴컴한 나침반 상자

속에서 어찌 행복하지 않겠는가!

너의 어머니는 매혹적이고 아름답다.
그러나 그녀가 너를 모르는 체하면
너는 가면무도회장의 현란한 왈츠와
말을 타고 폭풍우 속의 들판을 달리는 격정으로 흔들리리라.
그리하여 청순한 젊은 처녀들이
깨끗한 육체와 남자의 쾌락을 제공해 줄 것이다.
그때 불행을 알리는 밤이
유충인 너의 어슴푸레한 잠을 깨우기 위해
동굴 입구까지 다가올 것이다.
행복과 불행이 교차하는 시간의 변화 속에서
네가 세계의 중심이 되는 것이다.
세상을 보는 아름다운 눈을 통해
풍요로운 대지에 끊임없이 흐르는 물을 대주듯
생활의 오른손이 네 육체의 집을 지으리라.
그러면 너는 부유한 생활 속 긴 의자 위에 눕혀지고
어느 날 너의 거친 수족과 퇴색해 가는 마음을
몸서리쳐지게 붙잡을 것이다.
그러면 호수는 말라 바닥을 드러내고 심한 갈증에 목말라 할
것이며,
너는 걷잡을 수 없는 공포에 싸여 허리를 한 번 굽히면
가시와 같은 고통의 굴레가 네 인생의 목을 조를 것이다.
바깥 공기는 싸늘하고 거친 일상의 파도에 너는 부르짖는다.
너는 매일 술 마시며 어두운 나락에 빠져 잠을 잔다.
너의 작은 입이 만 번의 키스에 상처받고

그중 하나를 너의 어머니에게 돌려주는 날
네 생명의 포도밭이었던 어머니는 비통의 눈물을 머금으리라.
네가 다른 여자들에게서 빼앗은 것과 꼭 닮은 눈물을 말이다.
왜냐하면 눈과 마음은 수없이 많지만
눈물의 질은 하나같이 똑같다.
네가 소유한 여자로 네 젊은 날의 꿈은
다시 어머니의 빈 밭으로 돌아가리라.
하늘도 대지도
수컷은 딴 것을 가지지 못할 운명이란 것을 깨닫게 될 것이다.
그리하여 너는 네가 떨어진 포도밭을 살찌게 하리라.
마침내 한 알의 얼매는 부풀다가 터져서,
네가 생명을 얻었던 그대로의 모습을 너는 볼 수 있으리라.
이제 포도를 딴 포도밭은 바짝 말라 쟁기의 날은 금이 갔다.
주위를 둘러보라.
여기에도 저기에도 원형의 동굴은 있지 않은가.
인생은 음탕에서 음탕으로의 영속이다.
오직 눈은
엷은 옷 속에 숨기고 있는 삼각 지대를 짐작하고 번뜩인다.
배는 자석이 되어 애인을 서로 끌어당긴다.
사랑한다는 것은 배꼽과 배꼽이 맞닿는 모성으로 가는 길이다.
인생의 횃불은
네가 애써 일구려고 해도 덧없이 꺼지기 마련이다.
너로 인하여 생명을 얻은 그들에게
영원히 음탕한 배를 맡겨라.

그리하여 네가 누렸던 생명의 사슬을 생각하라.

일생 삶의 메마른 밭을 갈아야 했던 쟁기날이 녹슬기 전에

그 충격을 생각해 보라.

음탕의 길이 다다른 끝이 바로 그곳이게끔.

'Iter ad Luxuriam(음탕에로의 길).'

· 부록 ·

구르몽 시집
[시몬]

구르몽은 1892년 나이 서른네 살 때 [시몬] 이라는 시집을
간행하였다. 이 시집에는 11편의 시가 수록되어 있었다.
[시몬] 에 수록된 시 모두를 부록으로 꾸몄다.

낙엽

시몬, 나뭇잎 져버린 숲으로 가자
낙엽은 이끼와 돌과 오솔길을 덮고 있다

시몬, 너는 좋으냐, 낙엽 밟는 소리가

낙엽의 빛깔은 은은하고 그 소리는 참으로 나직하다
낙엽은 땅 위에 버림받은 나그네

시몬, 너는 좋으냐, 낙엽 밟는 소리가

해 질 무렵 낙엽의 모습은 쓸쓸하다
바람이 불어칠 때마다 낙엽은 조용히 외치거니

시몬, 너는 좋으냐, 낙엽 밟는 소리가

발길에 밟힐 때면 낙엽은 영혼처럼 흐느끼고
날갯소리, 여자의 옷자락 스치는 소리를 낸다

가까이 오라, 우리도 언제인가는 가엾은 낙엽이 되리라
가까이 오라, 밤은 벌써 내려 우리를 휘감는다

시몬, 너는 좋으냐, 낙엽 밟는 소리가

가을의 노래

가까이 오려무나, 내 사람아
가까이 오렴, 지금은 가을이다
적막하고 습기 있는 가을의 한때다
그러나 아직 붉은 단풍과
다 익은 들장미의 열매는
키스와 같이 빛이 빨갛다
가까이 오려무나, 내 사람아
가까이 오렴, 지금은 가을이다

가까이 오려무나, 내 사람아
지금 애달픈 가을은
그 외투의 앞깃을 여미고 떨고 있지만
태양은 아직도 더우며
네 맘과 같이 가벼운 공기 안에서
안개는 우리의 우울을 흔들며 위로해준다
가까이 오려무나, 내 사람아
가까이 오렴, 지금은 가을이다

가까이 오려무나, 내 사람아
가까이 오렴, 갈바람은 사람과 같이 흐느끼며 운다
무성한 풀밭에

딸기나무는 피곤한 팔을 흐트러뜨리고 있다
하지만 떡갈나무는 지금도 새파랗다
가까이 오려무나, 내 사람아
가까이 오렴, 지금은 가을이다

가까이 오려무나, 내 사람아
갈바람은 광포하게 우리를 꾸짖는다
작은 길에는 바람의 소리가 들리며
무성한 풀밭에는
들비둘기의 날갯짓 소리가 아직도 들린다
가까이 오려무나, 내 사람아
가까이 오렴, 지금은 가을이다

가까이 오려무나, 내 사람아
지금 쓸쓸한 가을은
겨울의 팔목에 몸을 맡기려 한다
하지만 여름의 억센 풀은 다시 돋으려 하며
지금도 피어 있는 지초꽃은 아름답게도
마지막 안개에 싸여 꽃핀 고사리와도 같다
가까이 오려무나, 내 사람아
가까이 오렴, 지금은 가을이다

가까이 오려무나, 내 사람아
가까이 오렴, 지금은 가을이다

옷을 벗은 포플러나무들은 몸을 떨고 있으나
그 잎들은 아직 죽지 아니하고
황금빛 옷을 날리면서 춤을 춘다, 춤을 춘다
그 잎들은 아직도 춤을 춘다
가까이 오려무나, 내 사람아
가까이 오렴, 지금은 가을이다

과수원

시몬, 과수원으로 가자
버들 함을 가지고
과수원에 가면서
임금나무에게 말하자
지금은 임금의 시절
시몬, 과수원으로 가자
과수원으로 가자

임금나무에는 벌이 가득하다
임금이 잘 익어서
임금나무 주위에는
붕붕 우는 소리가 난다
임금나무에는 임금이 가득하다
시몬, 과수원으로 가자
과수원으로 가자

둘이 함께 붉은 임금을 따자
구림금도 청임금도 따자
과육이 조금 익은
임금주 만들 임금도 따자
지금은 임금의 때

시몬, 과수원으로 가자
과수원으로 가자

네 손과 옷에는
임금 냄새가 가득하다
그리고 너의 머리카락에도 가득히
향기로운 가을 냄새가 넘친다
임금나무에는 임금이 가득하다
시몬, 과수원으로 가자
과수원으로 가자

시몬, 너는 나의 과수원
그리고 나의 임금나무가 되어 주렴
시몬, 벌을 죽여다오
너의 맘에 있는 벌, 그리고 내 과수원의 벌을
지금은 임금의 때
시몬, 과수원으로 가자
과수원으로 가자

가을 여자

추억 많은 오솔길을 걸으며
가을 여자는 낙엽을 밟고 있다
생각하면
그때 일은 이곳인듯하다
아아, 지금 바람은 나뭇잎과 나의 희망을 불어 날린다.

아아, 바람이여, 내 맘까지 불려가거라
내 맘은 이리도 무거운데!

햇볕 없는 흐릿한 동산에
가을 여자는 국화를 꺾고 있다
생각하면
내가 사랑하던 흰장미꽃이 피었던 곳은 이곳인듯하다
아아, 꽃술이 새빨간 흰장미.

아아, 태양이여
너는 두 번 나의 장미를 꽃 피게 하지 않으려는가

떠도는 황혼의 공기에
가을 여자는 새와 같이 떨고 있다
생각하면

그때 일은 이곳인듯하다. 하늘빛도 푸르다
우리들의 눈은 희망이 가득하다

아아! 하늘이여
너는 지금도 별과 같은 생각을 하고 있는가

가을의 황량한 산을 버리고
가을 여자는 떠나갔다
생각하면
그때 일은 이곳인듯하다
우리들의 맘이 만나던 순간은
그러나 지금 바람은 불어 내 몸이 떨린다

아아! 부는 바람이여, 내 맘까지 불려가거라
이리도 마음은 무거운데

황혼

황혼 무렵은 가이없다. 아아, 서러워라
장미꽃은 조심스러운 미소를 띠고
맑은 향기를 우리의 마음속에 부어 넣으며
달콤한 말을 하여주리라
버려진 여자의 뒷모습과 같이 스러져가는 햇볕에는
다가올 밤에 타오를 사랑의 따사로움이 있으며
주변의 공기는 몽환에 가득하다
한가한 목장 풀밭에 누워, 피로를 거두는 인생은
맑은 눈을 뜨며, 그 입술을 고요한 키스에 바치고 있다

황혼 무렵에는 가이없다. 아아, 서러워라
저녁 안개는 신생의 여린 실로 감싸고 빛나며
두 날개는 사모하는 듯이
영혼의 피안까지 바람처럼 흐른다
종루의 십자가를 비추며
이별을 서러워하는 죽음의 그림자는
파리한 포플러의 높은 가지에 불같이 붉게 타오른다
스러져가는 햇볕은 희미하게
창에 기대어, 하염없이 머리를 빗는 버려진 여인과 같다

황혼 무렵은 가이없다. 아아, 서러워라

피었다가 스러져가는 너의 꽃향기여
청량과 축축함이 지상에 떠도는 동안에
시간은 죽어가며, 밤은 오리라
햇볕은 빛을 잃으며 공간으로 사라질 것이다
그윽한 떨림은 지구의 땅 위에 내리며
나무들은 저녁 기도의 천사인 듯하다
오오, 잠깐 머물라. 가는 시간이여! 생의 꽃이여!
빨리 잠든 너의 곱고 푸른 눈을 열어라

황혼 무렵은 가이없다. 아아, 서러워라
여인은 눈가에 깃든 그리움을 고요히 띄우며
밝아오는 사랑의 모습을 보여다오
오오, 세상의 사랑이여, 흰빛의 여신이여
황혼 무렵을 사랑하라
우리가 내일 맡을 향료가 가득한 황혼 무렵을 사랑하라
죽음이 방황하는 황혼 무렵을 사랑하라
인생길의 피로한 삶의 정적 속에 묻혀
꿈의 노래를 듣는 시간, 황혼 무렵을 사랑하라

폭풍우의 장미꽃

폭풍우 몰아치는 거칠음에
흰장미꽃은 밤낮없이 부대꼈으리라
그리도 많이 상처 난 괴로움을 겪으며
꽃의 향기만은 더욱 풍요롭다
이 장미를 계절이 떠나는 곳에 감추어
그의 상처를 가슴에 넣어 두어라.
폭풍우의 장미꽃과도 같은 너의 삶도 변함이 없다
수함手函에 이 장미의 내력을 숨겨두어라
그리고 폭풍우에 부대낀
장미의 일상을 생각하여라
폭풍우는 그 비밀을 지켜줄 것이다
이 상처를 가슴에 품고 있게 하여라

전원 사계

봄바람에, 떨어지는 연약한 아네모네여,
너의 밝은 향기를 슬픔 속에
사랑의 모습으로 감추어 두었으나
너는 지금 부는 바람에 떨고 있다

여름, 언덕의 갈대는 보란 듯이
바다로 흘러가는 물에 그림자를 비추고 있을 때
쓸쓸하게 저녁 물속에 누워 있는 또 다른 외로운 그림자는
소리 없이 물 마시러 가는 암소의 무리다

가을, 나뭇잎 비가 내린다. 가을 영혼의 비가 내린다
사랑의 육체가 떠난 영혼의 비가 내린다
아낙네들은 쓸쓸히 서쪽을 바라보지만
나무들은 빈 터전에 망각의 비석을 세운다

겨울, 눈 이불을 덮고 누운 파란 눈의 여자여
너의 머리카락은 서리와 고통에 싸여있다
너의 미래여, 저주를 두려워하지 않는 강인한 마음이여
영원히 잠들거라, 너의 죽지 않는 육체 속에서

물레방아

시몬, 물레방아는 너무 낡았다
바퀴는 이끼에 푸르지만, 바퀴는 돌고 있다, 큰 구멍 속을
볼품없이 바퀴는 돈다, 바퀴는 돌고 있다
형벌을 받은 듯이

주위의 담이 흔들린다
마치 밤에 바다 위를 큰 배가 지나가는 듯하다
볼품없이 바퀴는 돈다, 바퀴는 돌고 있다
형벌을 받은 듯이

주위는 어둡고 무거운 물레방아의 소리가 들린다
물레방아는 할머니보다도 착하고 할머니보다도 늙었다
볼품없이 바퀴는 돈다, 바퀴는 돌고 있다
형벌을 받은 듯이

물레방아는 나이 많은 할머니,
아이의 약한 힘으로도 멈추고, 적은 물에도 움직인다
볼품없이 바퀴는 돈다, 바퀴는 돌고 있다
형벌을 받은 듯이

물레방아는 스님만큼 착하다

물레방아는 우리의 삶을 도와주는 빵을 만든다
볼품없이 바퀴는 돈다, 바퀴는 돌고 있다
형벌을 받은 듯이

물레방아는 바람을 키운다
사람을 따르며 사람을 위하여 죽는 양순한 짐승을 키운다
볼품없이 바퀴는 돈다, 바퀴는 돌고 있다
형벌을 받은 듯이

물레방아는 쉼 없이 일한다, 돌아간다, 속삭인다
옛적부터, 이 세상의 시작부터
볼품없이 바퀴는 돈다, 바퀴는 돌고 있다
형벌을 받은 듯이

머리카락

시몬, 너의 머리카락 숲에는
커다란 신비가 있다

너는 마른 풀냄새가 난다
너는 짐승이 자고 난 돌 냄새가 난다
너는 무두질한 가죽 냄새가 난다
너는 타작한 밀 냄새가 난다
너는 장작 냄새가 난다
너는 아침마다 가져오는 빵 냄새가 난다
너는 무너진 흙담에 핀 꽃 냄새가 난다
너는 나무딸기 냄새가 난다
너는 비에 씻긴 등나무 냄새가 난다
너는 저녁때의 등심초와 양치류 냄새가 난다
너는 호랑가시나무 냄새가 난다
너는 이끼 냄새가 난다
너는 생나무 울타리 그늘에서 말라버린 노랑풀 냄새가 난다
너는 꿀과 나비 꽃 냄새가 난다
너는 마소 거름 냄새가 난다
너는 우유 냄새가 난다
너는 회향풀 냄새가 난다
너는 호두 냄새가 난다

너는 잘 익어서 따온 과일 냄새가 난다
너는 꽃이 만발한 보리수 냄새가 난다
너는 벌꿀 냄새가 난다
너는 목장에 해질 때 냄새가 난다
너는 흙과 시냇물 냄새가 난다
너는 정사情事 냄새가 난다
너는 불 냄새가 난다

시몬, 너의 머리카락 숲속에는
커다란 신비가 있다

메테르링크의 연극

어디인지는 모르나 안개 속에 섬이 있다
섬에는 성이 있다
성에는 작은 등불이 빛나는 넓은 방이 있다
이 방에는 사람이 기다리고 있다

그들은 무엇을 기다리는가?
그들은 그것을 모른다
그들은 누군가 와서 문을 두드리기를 기다린다
그들은 등불이 꺼지기를 기다린다
그들은 공포를 기다린다
그들은 죽음이 오기를 기다린다

그들은 말을 한다
그들은 짧은 침묵을 말로 깨우친다
하던 말을 중지하고, 그대로
그들은 무엇을 듣고 있다
그들은 들으면서
그들은 기다린다

죽음이 오는가?
아아, 죽음이 오는가

어느 길로 죽음이 오는가
이미 밤은 깊었다
어쩌면 죽음이 내일까지, 안 올지도 모른다
넓은 방의 등불 아래에 모인 사람들은 미소하며 안심한다
그때 누군가가 문을 두드린다
이것이다
이것이 일생이다
이것이 인생이다

성당

시몬, 나도 함께 가리라, 해 질 무렵의 소리는
어린이들이 부르는 찬송가처럼 부드럽다
어스름한 성당 안은 옛 저택을 닮아있고
장미꽃은 성스러운 향기와 그리운 사람의 냄새를 풍긴다

나도 함께 가리라, 둘이서 천천히 경건하게 가자
한나절 밭일을 마친 농부들과 인사를 나누며
내가 한 걸음 앞서 너를 위해 사립문을 열면
개는 순종의 눈짓으로 우리를 맞이할 것이다

나는 회상에 잠기리라, 네가 기도드리는 동안
성당의 벽과 종각의 탑을 세운 이들을 위해
또한 짐승처럼 일상의 무거운 짐을 지고
괴로워하는 성당 건축자들을 위하여

성당 입구의 암벽을 자른 사람들을 위해
그 앞에 큰 성수반聖水盤을 놓은 이들을 위하여
성당의 유리창에 그려져 있는 네 분의 왕과
농가의 오막살이에 잠든 아기를 그린 사람을 위해

나는 회상에 잠기리라, 황금빛 어린 양을 넣어

그 종을 만들려고 청동을 용해한 사람을 위하여
1211년 전 옛날부터 지금까지 남아 있는 로슈 가의 보물처럼
시신이 안치된 무덤을 판 이들을 위하여

제단 왼쪽에 걸려 있는 현수막
베로 성의聖衣를 지은 사람들을 위하여
강단 위에 놓인 성서를 노래한 이들을 위하여
성서 도구에 황금을 칠한 사람들을 위하여

나는 회상에 잠기기라, 묘지에 묻힌 사람들을 위하여
지금은 꽃과 풀잎이 된 사람을 위하여
지금은 묘석 위에 이름만 남은 이들을 위하여
이들을 마지막까지 지키는 십자가를 위하여

우리가 성당에서 돌아올 무렵 이 세상은 어둠에 잠기고
우리의 모습은 소나무 그늘 속 유령처럼 보이리라
우리는 하나님과 함께하는 온갖 일을
우리를 기다리고 있는 개와 마당에 핀 장미를 기억하리라

눈

시몬, 눈은 그대 목처럼 희다
시몬, 눈은 그대 무릎처럼 희다

시몬 그대 손은 눈처럼 차갑다
시몬 그대 마음은 눈처럼 차갑다

눈은 불꽃의 입맞춤을 받아서 녹는다
그대 마음은 이별의 입맞춤에 녹는다

눈은 소나무 가지 위에 쌓여서 슬프다
그대 이마는 밤색 머리카락 아래 슬프다

시몬, 그대 동생인 눈은 안뜰에 잠긴다
시몬, 그대는 나의 눈, 또한 내 사랑이다

구르몽의 작품 세계

'인간은 겹셈 속에서 자아를 잃는다'라고 프랑스의 소설가이자 극작가인 레리담(Comte de Villiers de LIsle-Adam:1838~1889)은 말하고 있다.

그런데 이 말은 여러 가지로 해석될 수 있으므로 그 뜻이 분명하지 않다.

그러나 그는 이 말에 이어서 '입을 크게 벌리고 아무 성과도 없는 틀에 박힌 말을 내뱉기보다, 이 세상의 사물을 있는 그대로 파헤치지 말고 고고하게 사랑하며 살다가 죽는 편이 훨씬 낫다고 생각하지 않는가'라고 말한 뜻에서 유추할 수 있을 것이다.

더구나 '세상을 피해 사는 사람은 그의 이성을 강화하여, 그를 본래의 자기 자신 이상으로 높여서 그는 불멸의 감정을 주는 모든 것에 둘러싸이게 된다……'라고 말한 헤겔(Georg Wilhelm Friedrich Hegel:1770~1831)과 동시대의 프랑스 철학자 지멜(Georg Simmel:1858~1918)의 말, 그가 말하는 '고독'에 관해서 인용한 것을 보면 대체로 그 뜻을 이해할 수 있을 것이다.

그리고 '고독, 이 말이 양심처럼 나를 비춘다'라는 한마디 말로 모든 것이 분명해진다.

이러한 말들을 구르몽(Rémy de Gourmont)이 했다고 해서 조금도 이상할 게 없다. 그도 사회에서 벗어나 은둔한 사나이였기 때문이다.

그는 프랜시스 잠(Francis Jammes:1868~1938) 앞으로 보내려던 미간未刊의 편지에서, 고통스러운 현기증에 시달리면서 대단히 어두운 자화상을 그리고 있다.

나는 글을 쓰는 캄캄한 한밤중에 살고 있다. 나는 쓰고 또 쓴다! 나는 가능한 한 나 자신을 실현하려 한다. 나는 많은 것을 말하고 싶다……. 나는 자네처럼 고독하지만, 살아 숨 쉬는 한 열 배라도 살고 싶다. 나의 모든 감각은 긴장하고 있으며, 나는 아직도 20년 전 꽃들의 향내를 맡는다. 그리고 그것들을 보며, 손을, 얼굴을, 그리고 신을 본다.

말하자면 열 배나 더 살아서 본래의 자신을 자기 이상으로 높이려 한다. 어쩔 수 없이 집에 틀어박혔든, 자기 스스로 칩거했든 어느 쪽이라도 상관없다.

우울증에 사로잡혀 자신과 세상을 원망하면서 오로지 과거의 자기 자신을 돌아보는 것이 아니라, 자기를 스스로 재구성해서 살아보려는 의지와 바람이 있다면, 그것은 바로 구르몽의 고독孤獨과 통하는 것이라 하겠다.

구르몽은 스물네 살 무렵 결핵성 낭창狼瘡에 걸려 얼굴이 엉망이 되었다. 그로 인해서 대화하는 데에도 지장이 있을 만큼 말더듬이가 되었다. 그래서 고양이 한 마리와 셀 수 없이 많은 책에 파묻혀 '나의 헛간'이라 부르는 생피에르 거리의 자기 집에 틀어박혀야 할 처지였다.

그곳에서 뤽상부르 공원은 아주 가까워서, 그는 그 공원 산책하기를 정말 좋아했다. 그리고 그가 자기 집에 초대하는 사람은 시인 아폴리네르(Guillaume Apollinaire:1880~1918)와 같은 아주 친한 몇 명의 친구뿐이었다.

어느 날 밤, 구르몽이 아폴리네르와 그를 존경하는 소설가 플뢰레(Flleuret)와 함께 공원을 산책할 때 있었던 일이다.

구르몽은 두 사람에게 자기 혼자서만 걷게 해 달라고 청했다. 그러자 아폴리네르는 어둠 속에 몸을 숨기고 그의 뒤를 밟아 따라갔다. 그런데 구르몽은 얼마 안 가서 철책 곁으로 다가가더니, 자기의 등에 밤눈에도 또렷이 읽을 수 있는 종이쪽지 한 장을 붙였다. 아마도 가로등 불빛에 자기의 생각을 전하려는 듯했다.

때마침 어둠 속에서 나타난 밤의 여인들이 그를 잡아끌며 그의 얼굴을 빤히 보더니, 그만 도망치듯 이 몽상가의 등을 떠미는 것이었다.

아폴리네르는 호기심에 이끌려 그녀들에게 물었다. 저 시인이 상처 난 얼굴을 가진 몸에 붙인 종이쪽지에는 미끼로 100프랑이라고 쓰여 있었다고 말했다고 한다.

이 에피소드에는 구르몽이 산책하는 속사정을 상징하는 것 같다. 이 냉정한 산책인, 근대 소요학파逍遙學派라고 일컬어지는 그가 겉보기와는 달리 정열적인 회의론자懷疑論者답지 않게 생명 본래의 모습이라 할 주색잡기에 끌리는 마음을 가진, 깊고도 폭넓은 감정이 풍부한 쾌락주의자epicurean임을 느끼게 한다.

이러한 뜻으로 그는 산책에서 자유를 찾아 고독이란 것으로 자기 자신을 단련했다고 해도 지나친 말은 아닌 듯싶다.

산책할 때 동행했던 친구 플뢰레는, 《뤽상부르의 하룻밤》이라는 그의 대화對話 소설은 선정적 이미지가 감도는 이러한 산책에서 얻은 결실이라고 결론지어 말한다.

실제로 신神과 인간, 인생과 그 문화를 논하는 두 철학자를 따라가며 그들을 즐겁게 해주는 매혹적인 젊은 세 처녀가 공원의 정욕情慾을 자아내게 하는 비현실적인 빛 속에서 육체와 정신의 자유로운 숨소리를 독자에게 전달하고 있는 것은 분명하다고 하겠다.

그러나 소설을 쓴다는 것은 하나하나의 사실과 현상을 그리기 전에 하나의 관념이 세워져 있지 않으면 안 된다는 것 역시 틀림없다.

이에 대해 작가는 '나는 사랑과 관념과 아름다움에 취해 있었다'라고 말한다.

「병원 분만실에서 아기가 막 태어나려고 한다. 청소가 잘된 깨끗하고 밝은 방에는 소독약 냄새가 은은히 떠돌고 있다. 안경을 걸치고 턱수염을 기른 원장이 엄숙한 얼굴로 주변을 둘러본다. 간호사들은 고개를 약간 숙인 채 원장의 다음 명령을 기다리고 있다.

드디어 '시작'하는 소리가 들린다. 간호사들이 일제히 침대를 둘러싸더니 한 사람이 시트를 벗긴다. 그러자 산모의 사타구니에서 갓난아기가 얼굴을 내밀며 주위를 두리번두리번 둘러보고는 '이것이 인생인가?' 하고 말하려는 듯하다가 다시 머리를 움츠렸다.」

이것은 레라담이 친구들에게 말한 수많은 에피소드 중의 하나로 쓴 것은 아니다. 따라서 단편집 《잔혹한 이야기》나 《일화의 경구 집》에서도 눈에 띄지 않는다.

구르몽은 레라담을 존경했기에 소설 《시크스티느》를 바쳤고, 또 레라담에 관한 흔적은 《음울한 산문》이나 그 밖의 작품에서도 찾아볼 수 있다.

부르주아 계층의 어리석은 사람들과는 서로 맞지 않는 레라담의 이러한 사회 혐오의 아이러니는 보들레르(Charles Pierre Baudelaire:1821~1867)와 플로베르(Gustave Flaubert:1821~1880)로부터 레라담과 구르몽으로 흘러내리는 일련의 정신적 지하수였다.

보들레르는 열 살 이상이나 아래인 젊은 무명 시인 레라담에게 그의 저서를 주었고, 그를 격려하는 편지를 써 보내기도 했다. 또 레라담도 보들레르를 '절망한 고독의 대 사상가'라 하여 스승으로 삼았다. 그러한 레라담을 구르몽은 플로베르와 함께 존경하고 칭송했다.

그런데 이러한 그들의 눈에 비친 시대의 흐름은 어떠했을까. 명성과 실리에 사로잡힌 사람들을 향해 '빈 통은 가득 찬 통보다도 소리가 늘 크게 울려 퍼진다'라고 레라담은 《참혹한 이야기》 중에 '영광제조기榮光製造機'에서 잘라 말하고 있다.

한편 배금拜金사상과 물질적 진보주의를 받드는 용사들에게 '아니 진보라고, 까불지 마라! 정치야말로 가장 지저분한 대상이다!'하고 플로베르는 그의 저서 《감정교육》의 한 주인공에게 부르짖게 한다.

더구나 공리功利주의에 떠받들어져 불쾌감을 주는 상식들, 그 상식을 연결한 틀에 박힌 관념에 대해 '관념의 세계는 사랑의 세계이기에 끊임없이 이혼이 군림하고 있다'라고 지적하면서, 구르몽은 관념분리觀念分離를 실천하여 거기에서 이상하고 야릇한 세계를 전개하는 데 희열을 느끼고 있다.

그리하여 이러한 여러 요소가 그들의 눈에 비치는 19세기 후반 프랑스를 지배하는 흐름이 되었다. 거기에는 또 오늘날의 우리나라와 같이 문화국가를 자칭하고 국제협력자로서 자화자찬하는 방자한 의식이 없는 것만도 다행한 일이라 하겠다.

구르몽이 살아온 시대는 문학사적으로 보아 상징象徵주의 시대라 하겠다. 대표적 상징파 이론가로서의 그는 『메르큐르 드 프랑스』지에서 이 계파 운동의 미적 관심과 문학적 요망을 요

약해 보려고 '세계는 개개인의 표상表象이다'라고 말한다.

말하자면 인간은 생각하는 주체로서, 세계는 인간이 이에 관해서 품고 있는 관념에 의하지 않고는 존재할 수 없다는 것이다.

그렇다면 데카르트(René Descartes:1596~1650)가 말한 '나는 생각한다. 그러므로 나는 존재한다'와 별반 다를 바가 없다. 문제는 '나는 생각한다'와 '나는 느낀다'의 차이일 뿐이다. 살아 있는 인간의 지성과 감성의 차이와 순위의 문제인 것이다.

박식하고 명석한 정신을 가진 구르몽은, 모든 것에 흥미를 두고 있으면서도 그에 현혹되지 않았다. 그러나 아름다움과 생명 본유本有의 놀고 즐기는 것에 대해서만은 예외였다.

말하자면 아름다움에 대한 예찬과 본능의 향락을 희생할 만한 확고한 것을 찾아내지 못해 방황한 것이다. 회의懷疑론자라고 일컬어지는 것도 그 때문일 것이다.

그는 펜을 굳게 잡은 면에서는 철학자이지만, 그 펜을 움직이게 하는 것은 그의 감성感性이었다.

프랑스의 평론가 티보데(Albert Thibaudet:1874~1936)는 그의 형제들의 말을 믿고 '감수성에 사랑받지 못하면 무엇 하나 그의 지성에 들어갈 수 없었다'라고 말한다.

그러나 지성은 감성처럼 다른 사람에게 전해지지 않는다. 그래서 구르몽은 대화 형식으로 이렇게 쓴다.

— 대단히 예민한 정신은 타인에게 얼마만큼 침투할 수 있는 힘이 있는가?

— 아주 조금만.

— 그렇다면 친밀함은 어떤가?

— 생각의 길이가 나무줄기만큼.

이 대화는 평론가인 드미니크 시누가 작가를 소개하는 글 가운데, 작가의 절대적 주관주의의 불행한 일례로 발췌한 것이다.

그렇다면 작가의 감성 가운데 그의 기질과 가장 직접적으로 맺어진 것은 무엇이었을까. 그것은 사랑과 생명력에 대한 감각으로서, 사랑은 아름다움에, 생명력은 본능을 받아 누리고 놀며 즐기는 것으로 발전해 간다.

《색色, 색, 색 : 낙엽의 여인들》이라 이름 지어진 이 단편집의 단편들은 모두 사랑의 모습을 그리고 있다. 그리고 맨 끝에 붙여진 산문시 같은 〈음탕의 길〉에서는 생명력이란 음탕함에서 소모되는 것이 아니라, 그 뒤풀로 인해 영원히 계속된다고 부르짖고 있다.

그리고 이 되풀이된다는 관념은 구르몽에게는 중요한 화두였다. 인간은 태어났다가 죽으며, 세계도 태어났다가 죽는다고 그는 말하고 있다.

그와 그 사이에는 간격이 있으며 공허함이 있다. 공허함이 있기에 거기에서 운동이 일어난다. 따라서 그 공허함은 무無가 아니라 새로운 전개를 위한 에너지가 되는 것이다. 마치 그것은 천 |피륙|의 특성이 올과 올 사이에 빈 점을 가진 것과 같다고 할 수 있겠다.

그것은 마치 음악에서의 쉼표나 시詩에서의 행간의 여백과 같은 것이다. 이에서 사람들은 마음의 평안을 얻게 되는 것이다.

이러한 생각은 그가 마음의 스승으로 삼았던 그리스 철학자 에피쿠로스(Epicouros:BC 341!~270?)의 생각이기도 하다.

사실 에피쿠로스는 마음의 평정이나 행복을 위한 기준의 하나로 생각했던 《자연학》에서 우주는 원자와 공허空虛로 구성되어 있다고 말한다.

에피쿠로스의 근본 사상은 인생의 목적은 쾌락에 있다는 것이었다. 쾌락은 유일한 최고의 선善이며 인간 생활의 목적인데, 그 쾌락이란 이른바 난봉꾼이 말하는 쾌락이 아니라 고통과 혼란에서 해방되어 누구에게도 괴롭힘을 당하지 않고 자기 몸과 마음의 평정을 찾는 일이었다.

따라서 현인賢人은 숙명론이나 종말론을 비웃을 뿐 아니라, 현재의 순간을 중요하고도 최고도로 살며, 무분별한 욕망을 지닌 인간에게서 멀리 떨어져 명랑한 고독 속에서 스스로 만족하고 살도록 명심해야 한다고 그는 설득한다.

'행복하기 위해 숨어 살자'는 에피쿠로스의 유명한 말이다. 이것은 인간을 싫어한다는 뜻이 아니라, 인간이 조정하는 정치를 싫어했다는 것이디. 그는 '에피쿠로스의 정원'으로 널리 알려진 정원을 만들어, 그곳을 학문하는 곳으로 삼아 에피쿠로스학파의 시조가 되어 36년간 아테네에서 은둔생활을 보냈다.

이와 반대로 소크라테스(Socrates : ?~BC 399)는 고을 광장을 산책하면서 상인이나 직장인들과 대화를 나누며 철학을 설명해 주었다. 그러나 그의 행동은 시민들의 오해로 법정에서 사형을 선고받았으나, 도피하지 않고 우리가 건네준 독배를 마시고 죽는다.

플라톤(Platon:BC 428?~347?)도 스승의 가르침에 따라서 《국가》《법률》등의 책을 쓰고, 국가의 생활에 깊이 관여하여 철학이 정치를 지배해야 한다고 부르짖었다.

고대의 철학이나 문학에 정통했던 구르몽은, 이들 두 철학자의 언동에 관해서 모를 리 없었지만, 정치는 그에게 직접 영향을 끼치지 못했다. 그에게 있어서 모든 사고는 감각을 통하지 않고서는 지성이 될 수 없기 때문이다.

더구나 그 감각이란 것은 두 개의 실존자實存者, 즉 상대가 소리였든 색이었든 냄새였든 간에, 그것들과 직접 접촉할 수 있는 것이 아니면 안 되었다.

프랑스의 시인이자 평론가인 폴 발레리(Paul Valéry : 1871~1945)는 《카이에》에서 육체란 모든 것의 매듭이라고 말한다. 이 방대한 감상을 쓰던 어느 순간에 날아든 말에 지나지 않을지 모르지만, 내가 구르몽 감각의 정체에 대해 생각하던 때이니만큼 나의 뇌리에 남아 있다.

말하자면 인간의 관념이란 그러한 접촉을 통하지 않으면 안 되는 것이다. 육체의 접촉인 경우는 두말할 나위가 없다.

'유방은 사랑으로 부풀어 오른다'라는 구절을 그의 소설 여러

부분에서 볼 수 있다. 그것은 쾌락이 고조되었을 때의 사랑을 말하는 것이다. 그러나 그것은 소설의 현실 묘사가 아니라 시어詩語, 말하자면 관념의 표현이 분명하다 하겠다.

그의 소설은 대부분 사랑에 관해서 기술한다. 그러나 사랑이라 해도 가지각색의 모습을 지니며 여러 가지 뜻을 지니고 있다. 가장 일반적인 것은 아름답지만 허전한 심리분석만으로 끝나버렸는지도 모르겠다.

구르몽이 말하는 사랑은 남성과 여성 사이에서 엮여 펼쳐지는 에로틱한 매듭이며, 양자를 움직이게 하는 욕망 또는 성욕이다.

그런데 사랑 그 자체란 것이 있을까. 말하자면 순수한 상태의 사랑, 구르몽이 말하는 '벌거숭이 사랑(amout nu)'이란 문명사회에서는 극히 보기 드물며, 동물 가운데에서나, 또는 동물 같은 인간 사이에서나 볼 수 있는 것이다.

구르몽은 그의 공상의 연인, 살아있으면서도 전설 속의 인물이 되어버린 나탈리 여사를, 익명으로 보낸 '아마조네스에게 보내는 편지'에서 이렇게 말한다.

벌거숭이 사랑이란 사랑의 기생충이며 동시에 그 흥분제이기도 하다. 그것은 그것을 기르고 그것을 유지하면서 드높이는 다른 감정과 결부시켜야만 찾아낼 수 있다.

다시 말하면 사회생활에서 사랑은 자존심이나 허영심, 또는 선망과 야심, 질투와 원한 등과 결부되어서만 존재한다는 것이

ㄱ의 주장이다.

인간은 너무 많은 상상력을 가지고 있기에 알몸 그대로의 사랑으로는 만족할 수 없다는 것이다. 사랑은 라듐과 같은 것으로 항상 혼합물 형태로 등장하는 것이다.

여성들 대부분의 연애란 사랑 이외의 불순물로 이어져 있는 것에 지나지 않는다고 말한 프랑스의 극작가 몰리에르(Moliére: 1622~1673)는 그가 사랑하는 젊은 아내 알르망드 베즈왈과 결혼한 후에 한 애처로운 탄식도 이에서 충분히 상상할 수 있다.

그러기에 또 벌거숭이 사랑으로 되돌아오고 싶은 것이다. 구르몽은 그의 소설 〈여자의 꿈〉 가운데서 그의 분신이기도 한 주인공에게 다음과 같이 말하게 한다.

8월 어느 달밤, 개미가 교미하는 것을 보면서 이렇게 썼다.

참으로 기묘해서 거의 무서울 정도의 환상을 자아낸다! 나는 그 광경을 본 것을 자랑으로 생각한다. 그리고 생활에 온 생명을 건 개미를 생각할 때 이토록 조심스럽고 빙 둘러서 말하는 기술과 술책을 가지고 사랑해야 하는 자신을 가엾게 여긴다.

'아아! 육체는 슬프다. 나는 일만 권의 책을 읽었는데……'라고 한 말라르메(Stéadphane Mallarmé:1842~1898)의 시 《바다의 미풍》 첫머리의 글귀가 떠오른다. 이 구절은 그 자신이 자기 자신을 관찰한 글귀인 동시에, 친구 시인 구르몽을 생각하며 말한 것 같이 느껴진다.

구르몽이 나탈리와 알게 된 해부터 죽기 한 달 전인 1915년 4월까지 그녀 앞으로 계속 쓴 서신은, 그가 죽은 후 《아마조네스에게 보낸 숨겨둔 편지》라는 제목으로 출간되었다.

사색의 서書였던 《아마조네스에게 보낸 편지》와 대조적인 《아마조네스에게 보낸 숨겨둔 편지》는, 독백 형식으로 쓴 사랑의 소설 중 가장 아름다운 작품 중의 하나라고 생각된다.

그가 그의 상대인 나탈리 크리포드 버니 여사와 처음 만난 것은 1910년이었다. 그녀는 33세로 한창때였으며, 52세의 구르몽은 은둔생활도 끝나갈 무렵이었다.

그녀는 미국인으로 미인이며 부자였던 데 비해, 구르몽은 프랑스인으로 낭창이라는 피부병 때문에 얼굴은 추했고 살림은 가난했다.

그는 귀족 출신으로 예부터 인쇄업에 종사해 온 유서 깊은 집안에서 태어났으며, 외가의 선조는 프랑스의 대시인 말레르부(Francois de Malherbe:1555~1628)의 피를 이어받았다고 한다. 그러나 결코 부유하다고는 할 수 없었다.

두 사람 다 재주와 지혜가 뛰어났는데, 그녀는 작가 지망생으로 작은 문학 서클에서는 역량을 인정받을 정도였다.

한편 구르몽은 이미 『메르큐르 드 프랑스』지의 유력한 창간 멤버로 알려져 작가로서도 영광의 정상에 있었다. 앙리 드 레니어(Henri de Régnier:1864~1936)의 말을 빌리면, 당시 작가들의 몽테뉴였으며 센트 부베였다.

그녀는 이러한 산 기념비적 존재인 그를 유혹해서 손에 넣으려 한 것이다.

그녀는 구르몽의 집 바로 이웃에 살면서 그를 이웃 사람이라고 생각하였다. 자기 집에 살롱을 열어 오랫동안 많은 문학가와 미술가를 초청해 들였지만, 그에게는 전혀 손을 써 볼 방법이 없었다.

한쪽은 은둔생활에 철저해서 고독 속에 살면서 자신을 단련하고 있었고, 다른 쪽에서는 친구로 삼으려 하고 있었다. 따라서 집, 즉 물리적 거리는 가깝다고 해도 필연적으로 두 사람 간에 상호 이해란 있을 수 없었다.

그러나 1910년 초여름 그녀는 문학 동지들의 주선으로, 그녀의 시를 구르몽에게 보낼 기회를 얻었다.

구르몽은 그 시를 읽고 『메르큐르 드 프랑스』지에 실어 주겠다고 약속했고, 그녀는 감사 편지를 보냈다. 이것이 숙명적인 만남의 계기가 되었다.

그 이후로 두 사람은 톱니바퀴처럼 움직이기 시작하여 애정이 움트게 되었다. 그리하여 유혹하려는 그녀는 자신의 매력을 모두 구르몽에게 드러냈고, 그는 순식간에 그녀의 포로가 되어 그녀를 자신의 아마조네스라 부르게 되었다. 그녀는 그를 '사랑의 광인'으로 변하게 했다.

마르틴 뒤갈은 이것을 사랑의 최면술적催眠術的 힘이라고 말한다. 어쨌거나, 그에게는 그녀가 전부였다. 그러나 레즈비언이었던 그녀에게는 미모와 정복욕이 시키는 소행인지라, 결국 자신이 하고픈 일에 덤으로 하는 부수적인 정복에 지나지 않았다. 하지만 그는 자신이 떠올린 시의 여신을 즐겁게 해주는 데 만족하며 그녀를 따랐다.

그녀는 그리스 신화에 나오는 아마조네스(Amazons)라는 이름에 걸맞도록 테 없는 작은 모자를 쓴 승마복 차림으로 브로뉴 숲을 빠져나와 귀갓길에 종종 그의 집에 들렀다.

그는 놀라운 행복에 잠기며 기쁨을 숨길 길 없어, 그녀의 의상에 가려진 아름다운 세모꼴 언덕을 상상하면서 그녀의 모습을 바라보곤 했다.

두 사람은 서로 이야기를 주고받았다. 그녀는 여러 가지 문제를 제기하며 물었다. 그는 이에 일일이 대답해 주었다. 그녀가 돌아간 후에도, 그는 편지로 대화를 이어갔다. 이것이 바로 《아마조네스에게 보낸 편지》의 기원이다.

이 편지가 사랑, 욕망, 쾌락, 남자와 여자, 여성의 정조, 신비주의, 부재不在, 망각 등에 관한 철학 서간이라면, 사후에 발표된 《아마조네스에게 보낸 숨겨둔 편지》는 일상적인 애정의 우여곡절을 엮은 것이다.

그러나 그녀는 자기 자신의 쾌락에 이끌려 런던 둥지로 여행을 떠나, 그에게서 차차 멀어져 갔다. 그는 그녀가 집을 떠난 것에 대해 고민했지만, 자기 자신은 그녀의 각별한 부분을 차지하고 있다고 생각하면서 자신을 달래었다.

눈앞에 그녀가 있을 때는 피하고, 없을 때면 그녀를 더더욱 찾는 그러한 방식으로 자기 자신을 비극의 주인공으로 만들고, 사랑의 이상형을 그녀에게서 만들어낸 것은 무엇 때문일까. 육체

적 결합도 없는 사랑에 이토록 순수한 사랑을 바치는 것 또한
사랑의 한 모습일까.

　파리 나탈리가 잠들어 있는 무덤에는, 다음과 같은 구절이 새
겨져 있다.

나탈리 크리포드 버니
(1876–1972)

작가

그녀는 레미 드 구르몽의 아마조네스였다.
(나 이 전설 속의 한 사람으로 여기에 되살아나다)